Teach na gColúr

Liam Mac Amhlaigh

agus Aisling Ní Leidhin

ff

Don Fhoghlaimeoir Fásta

Foras na Gaeilge

Tá Comhar faoi chomaoin Clár na Leabhar Gaeilge
(Foras na Gaeilge) as tacaíocht airgid a chur ar fáil le
haghaidh foilsiú an leabhair seo.

Foilsithe ag Comhar Teoranta,
5 Rae Mhuirfean,
Baile Átha Cliath 2.

I gcuimhne ar
Valerie agus Alice

ISBN 0 9550477-4-9
Leagan amach: Graftrónaic
Clúdach: Eithne Ní Dhúgáin
Clódóirí: Johnswood Press

Teacht go hÉirinn

Chonaic Iryna foirgneamh le dhá *shimléar ón eitleán, dathanna dearga agus bána orthu ar aon. N'fheadar cad a bhí iontu? Ach ní raibh deis aici móran ama a chaitheamh ar na smaointe sin. Thuirling an t-eitleán ar thalamh na hÉireann *de phlimp. Nuair a bhí sé ceadaithe an *crios slándála a bhaint, tháinig sí anuas staighre an éitleáin. Bhí sí tar éis a "talamh dúchais" a shroichint. Go tobann, leagadh chun na talún í. Dhá mhadra fíochmhara a leag í. Léim Iryna suas. Bhreathnaigh sí timpeall uirthi. Madraí! "Cé leis na hainmhithe sin?" a dúirt sí agus í réidh le híde béil a thabhairt dóibh. Bhí beirt fhear ina seasamh in aice léi.

"Tar linn," arsa duine acu. Rug an fear eile greim uirthi.

"A leithéid d'fháilte, níor shíl mé riamh," arsa Iryna léi féin. "N'fheadar cé atá iontu?" Thosaigh sí a rá os ard, "*Saoránach de chuid na hÉireann agus na Polainne atá ionam. Cén fáth go bhfuil sibh ag plé liom mar sin?"

Lean Iryna an bheirt fhear agus na madraí taobh thiar di. Bhí smaointe éagsúla ag rásaíocht trína cloigeann. Dúradh léi dul isteach i seomra beag. Os chionn an dorais, bhí *comhartha mór crochta leis na focail: "Oifig Chustaim, Aerfort Átha Cliath".

"Buíochas le Dia na glóire," arsa Iryna agus an fógra sin léite aici, "ní *coirpigh atá sna fir seo." D'fhan an bheirt fhear

1

---

*simléar *chimney*
*de phlimp *suddenly*
*crios slandála *safety belt*

*saoránach *citizen*
*comhartha *sign*

agus na madraí gránna lasmuigh ach brúdh Iryna trí dhoras na hoifige. Bhí fear agus bean ina suí ag bord. D'iarr an bhean uirthi suí síos. Shuigh Iryna.

"Caith amach an méid atá i do mhála láimhe ar an mbord, muna miste leat," arsa an fear ard tanaí léi. Rinne sí amhlaidh.

"Ní aimseoidh sibh aon rud *mídhleathach nó dáinséarach i mo mhála," arsa Iryna.

"Ahá," arsa an bhean, "cad é seo? Tá boladh aisteach ag teacht uaidh." Bhí sí ag féachaint ar bhulóg bheag aráin a bhí clúdaithe le páipéar donn.

"Níl aon rud cearr le sin. *Bulka z pieczarkami* de chuid mo sheanathar atá ann. D'iarr sé orm é a thabhairt do chara leis, atá ina chónaí i mBaile Átha Cliath le blianta beaga anuas. Níl aon tábhacht ag baint leis," arsa Iryna, "tá lán cead agaibh an t-áran a choimeád, más mian libh, le scrúduithe a dhéanamh air! Níl aon bhaint agamsa leis ar chor ar bith. Scaoil liom le bhur dtoil. Ní dhearna mé aon rud as áit."

"Scaoilfimid leat chomh luath is a insíonn tú dúinn cad atá san arán seo," arsa an fear agus *meangadh gáire ar a aghaidh.

"Chun an fhírinne a rá níl a fhios agam. Níl an *t-oideas le fáil in aon leabhar go bhfios domsa. Seannós atá ann an t-arán seo a dhéanamh thíos faoin tír sa Pholainn agus tá mo sheanathair á dhéanamh ó bhí sé naoi mbliana d'aois."

"An bhfuil *beacáin ann?"

2

"Tá, go bhfios dom," arsa Iryna.

"Déarfainn gurb é sin é," arsa an póilín. Cén áit a bhfaigheann do sheanathair a chuid beacán de ghnáth?"

"Cén fáth go bhfuil tú ag cur na gceisteanna amaideacha seo orm? Tá sibh *ag meilt mo chuid ama," arsa Iryna agus fearg uirthi.

"Freagair an cheist," arsa an bhean.

"Níl a fhios agam," arsa Iryna agus í ag insint na fírinne. "Seanfhear atá ann; níl radharc na súl go rómhaith aige. Níl gairdín aige. Déarfainn gur tugadh dó iad. An-seans gur bhailigh lead óg ón mbaile iad dó sa choill agus gur dhíol sé leis iad."

Scaoil siad léi ansin agus iad ag gabháil leithscéil léi as ucht a cuid ama a chur amú. Gan amhras bhain siad an t-áran uaithi ach níor chuir sé sin isteach uirthi. Níor theastaigh uaithi ach aer úr ag an bpointe sin. Chuaigh sí lena málaí a bhailiú agus an t-aerfort a fhágáil chomh tapaidh is a d'fhéadfadh sí. Agus a cuid málaí bailithe aici, d'imigh Iryna i dtreo phríomhdhoras an aerfoirt. Fuair sí tacsaí ansin go *brú óige ar Chearnóg Pharnell. De réir dealraimh, bhí an áit seo taobh le príomhshráid na cathrach – Sráid Uí Chonaill. D'fhág an tacsaí lasmuigh den bhrú í. Bhí céimeanna ag dul suas chuig an oifig fháilte. Oifig bheag a bhí ann le bean mhór ramhar suite os a comhair. "Cén t-ainm atá ort? Cad é do thír dhúchais?" arsa an bhean. Nuair a d'fhreagair sí, thug an bhean eochair an tseomra di. "Tá leaba ar fáil duit sa chéad seomra in aice liom anseo. Cén fhad atá tú le fanacht anseo linn?"

3

*beacán *mushroom*   *brú óige *youth hostel*
*ag meilt ama *wasting time*

"Chun an fhírinne a rá, níl a fhios agam ach is dócha gur ceithre nó cuig lá a bheidh ann." Nuair a bhain sí an seomra amach *baineadh geit asti. Seomra mór gan teas lárnach a bhí ann, agus ocht leaba singil le feiceáil ann. Bhí doras an leithris briste agus bhí graffiti ar fud na mballaí.

Agus í ag caitheamh súile timpeall an tseomra bheartaigh Iryna an áit a fhágáil chomh luath is b'fhéidir léi.

"Tosóidh mé ag lorg loistín níos fearr maidin amárach i ndiaidh dom clárú ar an ollscoil," arsa Iryna léi féin. Chaith sí a mála taobh le leaba a bhí cóngarach don doras, bhain sí amach a pás, sparán, airgead, mapa na cathrach, leabhar eolais faoin ollscoil agus a fón póca agus chuir sí iad i mála beag láimhe. Ghabh sí léi amach ón mbrú agus thug aghaidh ar an gcathair.

*Bheartaigh sí bus a fháil chun na hollscoile. Chonaic sí fear a raibh cóta buí air agus an focal "garda" scríofa ar a chúl agus chuir sí ceist air. "Téigh timpeall an coirnéal agus tabharfaidh bus uimhir a deich an tslí ar fad go dtí an ollscoil tú," a dúirt an garda. "Níl le déanamh agat ach *tuirlingt ag an stad deiridh, agus beidh tú i gcroílár na hollscoile."

Leathuair a chloig níos déanaí bhí sí fós ag fanacht ar an mbus. Cén fáth nach ndeachaigh mé chun an Gearmáine? Bíonn na busanna i gcónaí in am ansin. Nuair a tháinig an bus, chuaigh sí suas staighre. Bhí radharc an-mhaith aici ar an gcathair. Chuir sé iontas uirthi a mhéad daoine ó thíortha éagsúla a bhí ar an mbus. Bhí fir agus mná on Áis agus ón Afraic ann, fear taobh thiar di ag labhairt

*baineadh geit aisti *she was startled*   *tuirlingt *get off*
*bheartaigh sí *she decided*

Gearmáinise ar a fhón póca agus comhrá i bPolainnis idir bean óg agus fear ag cúl an bhus.

Thuirling sí den bhus ag an ollscoil in aice leis na páirceanna imeartha. Bhí sí *ar bís leis an áit a fheiceáil. Go tobann, bhuail liathróid throm leathair í. "Sliotar is dócha," arsa Iryna léi féin. Bhí scéalta cloiste aici óna hathair faoin iománaíocht, cluiche Gaelach. Ní raibh liathróid den saghas sin feicthe aici cheana. Thóg sí ón talamh í agus scrúdaigh sí í. Níor thug sí faoi deara go raibh cluiche ar siúl in aice láimhe. Bhí na himreoirí ag éirí míshásta. Rith duine acu amach agus a chamán ina lámh aige. Labhair sé go borb, "Nach bhfeiceann tú go bhfuil cluiche ar siúl? Tabhair an sliotar ar ais."

"Brón orm faoi sin," a scairt sí, "Nílim ag iarraidh é a ghoid."

Chaith sí an liathróid ar ais agus d'imigh léi go tapaidh. De réir an leabhar eolais a bhí aici, ba é Aontas na Mac Léinn an áit b'fhearr le cabhair a fháil faoi lóistín. Ar an mbealach ann, stop sí ag an leabharlann. Bhí *seastáin chlubanna agus chumann na hollscoile lasmuigh den leabharlann agus iad ag iarraidh mic léinn nua a *mhealladh chun *clárú leo. Bhí gach cineál eachtra agus ócáide *á thairiscint acu. Bhí Iryna meallta ag seastáin na dteangacha, ag seastán an Chumainn Ghaelaigh, ach go háirithe. Bhí fógra taobh thiar den seastán faoi thuras chun na Gaillimhe. "Ó ba bhréa liom dul chun na Gaillimhe," arsa Iryna go ciúin. Go tobann, léim bean le gruaig álainn, rua amach agus thosaigh sí ag caint i nguth drámatúil, agus í ag iarraidh an cumann a dhíol le hIryna. Nuair a stop sí chun a hanáil a tharraingt, labhair Iryna, "Ní gá a thuilleadh a rá; tá sé i gceist agam staidéar a dhéanamh ar

5

---

*ar bís le *impatient to*   *clárú *enrol, register*

*seastáin *stalls*   *tairiscint *offer*

*a mhealladh *to entice*

an nGaeilge agus mar sin tá suim agam sa teanga. Ba mhaith liom clárú libh agus cuairt a thabhairt ar Ghaillimh freisin."

"Ar fheabhas," ar sise agus *cárta ballraíochta á líonadh isteach aici d'Iryna. Sínigh an liosta agus tabhair dom an táille ballraíochta, trí Euro, don bhliain."

D'fhéach Iryna ina sparán. Tháinig luisne náire ar a haghaidh. "Níl pingin rua agam. Beidh orm teacht ar inneall bainc láithreach."

Thosaigh an bhean rua ag gáire. "Bím i gcónaí *gann ar airgead chomh maith. Taispeánfaidh mé an t-inneall bainc duit. Is mise Áine agus is as Gaillimh mé. Tá mé anseo le céim sa Ghaeilge, sa Ghearmáinis agus sa Laidin a dhéanamh."

"Seo mo chéad lá in Éirinn riamh," arsa Iryna. D'fhoghlaim mé Gaeilge sa Pholainn mar gur Éireannach a bhí i mo mháthair agus chaith m'athair bliain i mBaile Átha Cliath fiche bliain ó shin agus é ina mhac léinn. Cheap sé gurb í an chathair is fearr ar domhan í."

Bhí iontas ar Áine. Thosaigh sí féin ar an ollscoil an bhliain roimhe ach d'éirigh sí as a cúrsa um Nollaig. Fuair sí post go dtí an samhradh agus bhí sí ag filleadh ar an ollscoil i mbliana arís. Nuair a bhí an t-airgead ón inneall bainc ag Iryna, chuir Áine a cara nua Polannach in aithne do Shinéad. B'as Gaeltacht Chonamara do Shinéad agus bhí sí féin agus Áine ina gcónaí in árasán le chéile.

Agus Iryna ag íoc táille ballraíochta an chumainn ar deireadh, tháinig fear chucu. D'aithin sí é. Fear an tsliotair a bhí ann. Thosaigh sé ag caint le hÁine agus thuig Iryna

*cárta ballraíochta *a membership card* *gann ar *short of*

ón gcaint go raibh sé *ar tí tosú ar chéim sa Ghaeilge sa choláiste chomh maith. Chuir Áine Iryna in aithne dó. "A Mháirtín, seo bean ón Pholainn a bhfuil Gaeilge líofa aici agus atá chun Gaeilge a dhéanamh linn anseo. Beimid go léir sa rang céanna."

"Nach tusa an cailín a ghoid an sliotar uaim?" ar seisean agus meangadh gáire ar a bhéal. Ní fhaca Iryna an meangadh gáire. Labhair sí go feargach, "Ní raibh mé ag iarraidh an sliotar a ghoid uait. Ní gadaí mé. Ní fhaca mé ceann riamh. Bhuail tusa mé leis an liathróid. Ní bhíonn ach daoine fiáine ag imirt mar sin."

"Bhí mé chun leithscéal a ghabháil leat ach má tá tu chun a bheith *drochbhéasach liom, slán agat." D'imigh sé leis gan a thuilleadh a rá.

*D'fhéach na cailíní ar a chéile ach sula raibh deis acu aon rud a rá thosaigh sé *ag stealladh báistí. D'fhág siad an seastán agus rith siad go teach tábhairne na mac léinn.

---

*ar tí *about to*
*drochbhéasach *bad-mannered*

*gan choinne *unexpectedly*
*ag stealladh báistí *pouring rain*

Lóistín

Bhain siad an teach tábhairne amach cúig nóiméad níos déanaí agus iad fliuch go craiceann. Bhí an áit dubh le daoine. Ba dhaoine óga a bhformhór a bhí ag ól agus ag caint go hard. Bhí cúpla duine ag imirt snúcair. Bhí daoine eile ag breathnú ar chluiche rugbaí ar *scáileán mór ag cúl an tseomra. Bhí Máirtín ann ach níor tháinig sé in aice leo. Chuir Áine agus Sinéad Iryna in aithne do chairde eile dá gcuid agus bhí an-oíche acu ann. D'fhág Iryna an teach tábhairne *go drogallach chun an bus a fháil ar ais go lár na cathrach. Súlar fhág sí, rinne siad coinne bualadh le chéile an lá dar gcionn.

Bhí tuirse uirthi nuair a bhain sí an brú amach agus chaith sí í féin ar a leaba le dul a chodladh ach gan choinne léim a hintinn ar an bPolainn. N'fheadar conas a bhí ag éirí lena hathair agus lena seanathair? Cad a bhí á ithe acu? N'fheadar cé a bhí i mbun na cócaireachta anois? Ar *bhraith siad í in easnamh uathu í? Glaofadh sí orthu oíche amárach, chomh luath is a bheadh lóistín ceart aici.

Ag breacadh an lae, Déardaoin, d'eirigh sí, ghléas sí í féin agus ghluais sí amach ón seomra chomh tapaidh is a d'fhéadfadh sí. Bheadh uirthi brostú nó ní bheadh deis aici bricfeasta a fháil sula gclaródh sí ar an ollscoil. Uair a chloig níos déanaí, bhí sí ag doras Aontas na Mac Léinn

8

*scáileán *screen*
*go drogallach *reluctantly*

san ollscoil. Shiúil Iryna go seomra an *oifigeach tithíochta. Bean óg a bhí istigh ann.

"Seo duit liosta mór de na háiteanna go léir sa cheantar atá sásta lóistín a thabhairt do scolairí ollscoile," a dúirt an bhean.

"Gura maith agat," arsa Iryna agus chuaigh láithreach go dtí an fón poiblí ba chóngaraí. Chaith sí uair a chloig ag glaoch ar áit i ndiaidh áite. Bhí gach áit lán cheana féin. "Glaoch amháin eile agus ansin rachaidh mé le clárú," a dúirt Iryna léi féin. Roghnaigh sí uimhir a 68 ar an liosta. Steve an t-ainm a bhí ar an *tiarna talún.

"Tá spás agam," a dúirt sé.

"Thar barr," arsa Iryna. "An bhféadfainn an seomra a fheiceáil inniu?"

"Cinnte," arsa an guth eile, "cad faoi a sé a chlog tráthnóna?"

"Ceart go leor. An bhféadfá seoladh na háite a thabhairt dom? Beidh mé ag teacht ón ollscoil."

"O gan amhras! Steve is ainm dom. Táim i mo chónaí anseo in uimhir a 17, Ascaill Choillbheitheach, Raghnallach."

"Go breá. Glaofaidh mé ort má bhíonn fadhb. Go raibh míle maith agat, a Steve," arsa Iryna agus chuir sí síos an fón. Chuirfeadh sí glaoch ar a hathair leis an dea-scéal níos déanaí. Bheadh áthas air. Ag an tús, ní raibh sé go huile is go hiomlán sásta le cinneadh Iryna, an Pholainn a fhágail le dul ag staidéar i mBaile Átha Cliath. Theastaigh uaidh go bhfanfadh sí cóngarach dó, ach thuig Iryna go mbeadh *áiféala i gcónaí uirthi mura gcaithfeadh

9

---

*braith siad in easnamh í *they
missed her*

*oifigeach tithíochta *housing officer*

*tiarna talún *landlord*

*aiféala *regret*

sí seal in Éirinn. Ó aois an-óg, theastaigh ó Iryna aithne a chur ar mhuintir na hÉireann, muintir a máthar.

Chláraigh Iryna san ollscoil ina dhiaidh sin agus chuaigh sí chun bualadh le hÁine agus Sinéad. Thuig sí go raibh an t-ádh dearg uirthi gur bhuail sí le daoine chomh hoscailte cairdiúil sin agus í ar a céad lá sa tír. Bhí sí déanach cheana féin. Bhí an bheirt eile ina suí ag bord beag, nuair a shroich Iryna an bhialann. Agus caife mocha os a comhair amach, d'inis sí dóibh faoin seomra.

"Déanfaidh mé an seomra a phéinteáil duit má tá *gá leis," a thairg Sinéad.

Bhí Áine sásta troscán a iompar nó a bhogadh dá mbeadh gá leis freisin. Bhí Iryna ar bís anois le hinsint dá hathair faoin chraic a bhí ar siúl aici. Bheadh sé *in éad léi.

Ar a cúig a chlog, d'fhág Iryna slán ag a cairde nua le dul go Raghnallach. Bhí sí ag doras an tí ar a cúig chun a sé agus bhuail sí cnag air. Rith cailín óg álainn amach as seomra. D'oscail sí an doras agus d'fhiafraigh sí d'Iryna de ghuth íseal an raibh sí ag teacht chun cónaí leo.

"Libh?" arsa Iryna ag ceapadh go raibh an teach mícheart aimsithe aici.

"Is mise Alanna Ní Chatháin," arsa an cailín beag, "táim sé bliana d'aois. Táim i rang a haon agus is mise *banríon an tí seo. Cad is ainm duit?"

"Ó is brea liom do chóróin, a bhanríon álainn. Iryna is ainm dom. An bhféadfainn labhairt le duine de do thuismitheoirí le do thoil?" arsa Iryna.

"Ok, ach ná déan aon rud dána," arsa Alanna, agus aghaidh

*gá need: Má tá gá leis *if necessary*   *banríon *queen*
*in éad le *jealous of*

dháiríre uirthi, "mar tá Daidí an-chrosta na laethanta seo. Éiríonn sé an-fheargach má itheann tú a *chalóga arbhair nó muna scuabann tú do chuid fiacla i gceart."

"Dia is Muire duit, Steve an t-ainm atá orm," arsa fear an tí. "Feicim gur bhuail tú le *banphrionsa mo shaoil, m'iníon álainn *éirimiúil, Alanna," a dúirt sé. Fear le haghaidh óg a bhí ann ach bhí brón le léamh ina shúile móra donna. Shiúil siad isteach sa teach le chéile. "Seo é," arsa Steve agus é ag stopadh os comhair dhorais bháin. Bhí an seomra ar an dara húrlár agus baineadh geit as Iryna. Seomra mór le dhá fhuinneog mhóra, cófra agus leaba a bhí ann. Bhí leithreas dá cuid féin aici, agus cith ag bun an halla. Bhí sé go hálainn. Dúirt Steve go raibh an seomra saor le coicís anuas. Bhí oifig ag máthair Alanna ann súlar fhág sí iad. Bhí Iryna ag cur ceiste uirthi féin, 'cén saghas mná a d'fhágfadh iníon chomh gleoite sin?'

"Tá cead agat pé rud is mian leat a dhéanamh sa seomra, cóisir san áireamh, chomh fada is nach gcuireann tú isteach ar Alanna nó orm féin agus muid ag iarraidh codlata," arsa Steve. Bhí sé ag lorg *éarlais 350 Euro, le híoc Dé hAoine an lá dár gcionn, nó thabharfadh sé an seomra do dhuine éigin eile. Anuas ar sin, bheadh uirthi an cíos míosa a thabhairt dó Dé Sathairn, 125 Euro a bhí á lorg aige in aghaidh na seachtaine. Theastaigh an seomra go géar ó Iryna. Bhí sé mór, cóngarach don ollscoil agus bheadh an tsaoirse aici pé rud ba mhian léi a dhéanamh leis agus teacht agus imeacht pé uair a d'oirfeadh di.

"Ba bhreá liom an seomra seo a ghlacadh ach beidh orm cúrsaí airgid a phlé le m'athair. Glaofaidh mé ort, chomh luath is a bheidh freagra cinnte agam. Táim buíoch as

---

*calóga arbhair *cornflakes*
*banphrionsa *princess*
*éirimiúil *talented, intelligent*
*éarlais *deposit*

ucht an deis an seomra a fheiceáil. Le cúnamh Dé, beidh mé i mo chónaí anseo faoi dheireadh na seachtaine. Slán go fóill," arsa Iryna agus í ag dúnadh dorais an tí go ciúin ina diaidh.

Bhí an cíos an-ard. Is cinnte nach raibh an t-airgead aici faoi láthair chun íoc as an éarlais agus cíos na céad míosa. Bheadh uirthi cúnamh airgid a lorg óna hathair. Níor theastaigh ó Iryna an t-airgead a thógáil uaidh. Thabharfadh a hathair rud ar bith di, an t-airgead seo san áireamh, ach ní raibh tuarastal ard aige agus ba *leasc le hIryna a thuilleadh airgid a iarraidh air.

Go tobann, thosaigh fón póca Iryna ag *preabadh ina póca. Ní raibh a huimhir gutháin ag Áine agus Sinéad. N'fheadar cé a bheadh ag glaoch uirthi ag an am seo den tráthnóna?

*Ba leasc léi *she was loath to*
*ag preabadh *hopping*

Saol na hOllscoile

A hathair a bhí ag glaoch agus drochscéal aige di. Bhí a seanathair breoite. Bhí sí croíbhriste. Bhí duine de na daoine *b'ansa léi ar domhan i mbaol báis agus ise i bhfad ó bhaile. Bhí taom croí obann ag an seanathair athrú inné, an lá a d'fhág Iryna tír na Polainne agus bhí sé an-lag ó shin. Ghlaoigh Peter uirthi ar fhaitíos go mbeadh an scéal níos measa go luath.

Bhí Iryna trína chéile. An bhfeicfeadh sí a seanathair arís? An mbeadh a hathair caillte gan í? Cad faoin saol nua a bhí díreach tosaithe aici? Bhí na ceisteanna seo ag rásaíocht tríd a cloigeann. Dúirt a hathair léi gach rud a thógáil go réidh ach ba dheacair sin a dhéanamh. Bhí a seanathair mar an dara hathair aici. Ba *thruamhéileach an radharc é cailín chomh gealgháireach, chomh lán d'fhuinneamh, a fheiceáil sínte ar an leaba sa bhrú.

Chuir Peter ceist uirthi faoi lóistín. "An bhfuair tú seomra go fóill nó an bhfuil tú fós ag fanacht sa bhrú?" Ba leasc le hIryna an seomra agus an cíos ard a bhí air a lua leis ach dúirt a hathair dul ar aghaidh agus an éarlais a íoc agus go ndéanfadh sé féin socrú leis an mbanc faoin gcíos. Ghlaoigh sí ar Steve, a rá leis go dtógfadh sí an t-árasán. Rinne sí coinne leis an 350 Euro a thabhairt dó an lá dár gcionn agus bogadh isteach an lá ina dhiaidh sin.

---

*is ansa léi *dearest to her*

*ba thruamhéileach an radharc
  it was a pitious sight

Ní bhfuair sí *néal codlata an oíche sin bhí sí chomh *corraithe sin. Theastaigh uaithi go mbeadh an clog tar éis casadh siar go dtí an t-am sin an lá roimhe sular ghlaoigh a hathair uirthi agus nach mbeadh a leithéid de scéal faighte ná cloiste aici. Theastaigh uaithi dul abhaile. Ach bhí uirthi cloí le mianta Pheter. D'iarr sé uirthi fanacht in Éirinn. D'iarr sé uirthi gan an tír agus an saol nua a fhágáil ag an bpointe seo go dtí go mbeadh breis eolais acu faoi Alex, a seanathair. Bhraith sí go raibh a hathair ag iarraidh uirthi a bheith róchróga. Nuair a fuair a máthair bás ní raibh aon duine ann chun cabhair a thabhairt dó mar bhí Alex ag obair sa Ghearmáin. Níor theastaigh uaithi ceachtar den bheirt a ligean síos anois. Ag breacadh an lae, mhothaigh sí níos tuirsí ná mar a bhí nuair a chuaigh sí a luí.

Bhí trí léacht le bheith aici an lá sin. Ní raibh spéis dá laghad aici in aon chor sa dá cheann tosaigh, léachtaí sa *tseandálaíocht agus san Fhraincis. Ag am lóin chuaigh sí amach go Raghnallach agus d'íoc sí an éarlais le Steve. Dúirt sé léi go bhfágfadh sé eochair di faoi phota bláthanna lasmuigh den doras dá mbeadh sé ag dul amach. Faoi dheireadh an tráthnóna bhí *aoibh níos fearr uirthi. Bhí léacht Gaeilge aici ar a ceathair. Bhí an Dr. Ní Chatháin ag tosú ar an gcéad léacht iomlán a dhéanamh ar *fhilíocht chomhaimseartha na hÉireann, rud a chuir Iryna an-spéis ann. Ábhar spéise a máthar a bhí ann agus í beo. Rinne sí *suntas den tsloinne a bhí aici. B'aisteach bualadh leis an dara duine leis an sloinne céanna dhá lá as a chéile.

Leag an léachtóir an léacht amach go han-mhaith. Mhínigh sí gach rud a dhéanfaidís agus phléigh sí na filí a

*néal codlata *a wink of sleep*
*corraithe *agitated*
*seandálaíocht *archaeology*

*bhí aoibh níos fearr uirthi
  she was in better humour.
*filíocht chomhaimseartha
  contemporary poetry
*rinne sí suntas de *she noticed*

bheadh faoi chaibidil [Davitt, Ní Dhomhnaill, Ó Muirthile, Ó Searcaigh, Rosenstock – daoine a raibh mionstaidéar déanta ag Iryna orthu sa Pholainn í féin]. Chríochnaigh sí an léacht le caint faoi *mhórthionscnamh an téarma, an *aiste thaighde. Ba léir gur duine cumasach a bhí sa léachtóir seo. Bhí an-chumas cainte aici agus bhí sí in ann an t-eolas a chur in iúl.

Nuair a bhí an léacht thart rith Iryna suas go barr an tseomra chun labhairt leis an léachtóir. Níorbh í an t-aon duine amháin a rinne seo ach b'í an chéad duine ar éirigh léi ceist a chur ar an mbean.

"Theastaigh uaim ceist a chur ort, a Dhochtúir Uí Chatháin." Bhain tuin na cainte geit as an léachtóir. Ní minic a chloistear Gaeilge á labhairt le guth Polannach.

"Is ea," a dúirt an Dr Ní Chatháin.

"Maidir leis an aiste, an féidir ceann de na teidil a úsáid le filíocht ó níos mó ná file amháin?"

"Is féidir cinnte,"arsa an léachtóir agus ansin láithreach d'fhreagair sí ceist ó mhac léinn eile.

Bhí Iryna sásta léi féin. D'fhan sí blianta chun taisteal go hÉirinn, chun staidéar a dhéanamh ar léann na Gaeilge agus anois, bhí sí ag tosú ar an staidéar sin, sa choláiste is mó sa phríomhchathair, an coláiste céanna a bhuail a hathair agus a máthair le chéile ann. Don chéad uair an lá sin bhí sí ag smaoineamh ar rudaí eile seachas ar a seanathair. Shiúil sí ar ais i dtreo a cairde. Bhí Máirtín in éineacht leo. Bhí sé soiléir d'Áine agus do Shinéad, a bhí ina suí ar chúl an tseomra, go raibh Máirtín tar éis cuid mhór den léacht a chaitheamh ag breathnú go géar ar

15

*mórthionscnamh *major project*
*aiste thaighde *research essay*

Iryna. Níor thug Iryna faoi deara é bhí sí chomh gafa sin leis an bhfilíocht

"Cad é do thuairim faoin aiste?" arsa Máirtín léi.

Bhí drogall uirthi labhairt leis ach níor theastaigh uaithi ach oiread go ndéarfadh sé arís go raibh sí droch-bhéasach.

"Nílim cinnte," ar sise, "tionscnamh *dúshlánach a bheidh ann." Ceapaim go roghnóidh mé Ó Muirthile seachas aon duine eile."

"Ach nílimid tar éis dánta na bhfilí a scrúdú go fóill," arsa Máirtín.

"Tá a fhios agam, ach ón aithne atá agam orthu, tá a fhios agam gur mhaith liom staidéar a dhéanamh ar Ó Muirthile."

Rinne Máirtín suntas den mhéad seo. Bhí Gaeilge Ardteiste déanta aige i meánscoil lán-Ghaelach ach níor cheap sé go raibh eolas aige ar fhilíocht na bhfilí a luadh. Chuir sé iontas air eolas a bheith ag cailín Polannach ar na dánta is cáiliúla a scríobh na filí sin.

Thug Áine agus Sinéad cuireadh do Iryna dul amach leo an oíche sin. "Tógfaidh sé d'aigne ón drochscéal faoi do sheanathair," arsa Sinéad. "Tá bus speisialta ann chun sinn a thabhairt amach go teach tábhairne i mBré agus ar ais agus is féidir leat an chuid eile den oíche a chaitheamh san árasán linne," arsa Áine. Is beag fonn a bhí ar Iryna dul go teach tábhairne ach is lú an fonn a bhí uirthi an oíche a chaitheamh ina haonar sa bhrú i lár na cathrach. Dúirt sí go rachadh sí leis na cailíní.

*dúshlánach *challenging*

Thug an bus go teach tábhairne ollmhór i mBré iad. Bhí ceol agus damhsa ann ach ní raibh fonn ar Iryna damhsa a dhéanamh. Ní raibh fonn uirthi ólachán a dhéanamh ach an oiread. Ní fhaca sí riamh an oiread sin daoine óga agus iad ar meisce. Bhí Áine agus Sinéad ag caint le scata cairde ach bhí aigne Iryna ar a seanathair arís agus ní raibh fonn uirthi caint a dhéanamh leo. Bhí an ceol agus an fothram ag tabhairt tinnis cinn di. Bheartaigh sí dul amach faoin aer ar feadh tamaill. Bhí lucht caite tobac ina seasamh lasmuigh den doras agus shiúil sí tharstu síos an bóthar. Chuala sí duine ag glaoch uirthi. Áine a bhí ann agus í ag rith ina diaidh.

"An bhfuil tú ceart go leor? Chonaic mé tú ag dul amach an doras agus cheap mé go raibh tú tinn."

"Bhí an fothram sa tábhairne ag tabhairt tinnis cinn dom ach braithim i bhfad níos fearr anois amuigh faoin aer. Chonaic mé an fharraige ón mbus nuair a bhíomar ag teacht anseo. An bhfuil sé i bhfad ó seo? Ba mhaith liom í a fheiceáil arís."

"Ní cheapaim go bhfuil sí rófhada uainn. Rachaidh mé leat."

"Ach níor mhaith liom tú a tharraingt ó do chairde. Beidh mé ceart go leor liom féin. Beidh Sinéad do lorg."

"Níl mé ag iarraidh labhairt le Sinéad. Tá mé ar buile léi. Sciob sí an buachaill dathúil sin, Dan Mac Carthaigh, uaim. Bhí *troid againn agus tá sí tar éis an áit a fhágáil le dul abhaile."

Agus iad ag siúl síos i dtreo na farraige d'inis Áine do Iryna faoina muintir thiar i nGaillimh. Ba mhaith léi post a

*troid *fight*

fháil i stáisiún teilifíse nuair a bheadh an chéim aici. Bhí aithne aici ar Shinéad le cúig bliana anuas agus bhí an-chion aici uirthi. "Ach cuireann sí fearg orm uaireanta. Níl aon smacht aici uirthi féin uaireanta."

"Tá sí níos óige ná tú agus is í seo an chéad uair di bheith ar shiúl óna muintir agus," arsa Iryna ach stop sí i lár abairte nuair a fuair sí radharc ar an bhfarraige. Ní raibh sí chomh cóngarach sin don fharraige ó bhí sí ina páiste agus bhí sí faoi dhraíocht aici. D'fhan sí féin agus Áine tamall fada agus iad ag féachaint ar na tonnta ag briseadh ar an trá agus ar shoilse na mbád amuigh sa chuan. Fuair siad *boladh cócaireachta ó áit éigin.

"Tá mé stiúgtha leis an ocras," arsa Áine. "Chonaic mé siopa sceallóga thiar ansin. Ar mhaith leat mála?"

Smaoinigh Iryna nach raibh aon rud ite aici ón mhaidin, mar go raibh sí chomh buartha sin faoin a seanathair.

"Ba bhreá liom." Agus mála an duine acu thosaigh siad ag siúl ar ais i dtreo an tábhairne. Bhí siad díreach ann nuair a chonaic siad bus lán de mhic léinn ag teacht amach ón gcarrchlós. Shín siad amach a lámha ach ní fhaca an tiománaí iad nó má chonaic níor stad sé.

"Dúradh linn go mbeadh an bus ag imeacht ag a leath i ndiaidh a dódhéag agus níl sé ach fiche cúig i ndiaidh anois. D'imigh sé róluath," arsa Áine go feargach. "Níl a dhóthain airgid agam le híoc as tacsaí. An bhfuil agatsa?"

"Níl agam ach cúig Euro," arsa Iryna.

"Siúlfaimid go dtí an staisiún DART. B'fhéidir go mbeidh traein ag dul isteach sa chathair," a dúirt Aine, ach is beag

*boladh cócaireachta *smell of cooking*

dóchas a bhí aici go mbeadh traein ar bith ann ag an am sin den oíche.

Shiúil siad i dtreo na farraige don dara huair an oíche sin. Bhí an ghaoth níos laidre anois agus bhí Iryna ag crith leis an bhfuacht. Bhí an siopa sceallóga dúnta agus ní raibh duine ar bith ar an tsráid. D'fhéach Áine ar a fón póca. Bhí téacs ann ó Shinéad. "Tá mé ar ais sa bhaile. Cá bhfuil sibhse?"

"Ag siúl i dtreo an stáisiúin DART i mBré. Tá súil againn go mbeidh traein ag dul isteach sa chathair," an freagra a chuir Áine. Ní raibh sí sásta a admháil go raibh siad i *sáinn. Bhí sí *róbhródúil agus ró-mhíshásta le Sinéad, tar éis di an buachaill a sciobadh uaithi. Ach nuair a bhain siad an stáisiún amach bhí an geata dúnta

"Cad a dhéanfaimid?" arsa Iryna go himníoch.

"Fanacht go dtosóidh na traenacha ar maidin," arsa Áine

Is beag sásamh a thug a freagra d'Iryna. Bhí sí fuar tuirseach. Tháinig drochscéal na maidine ar ais chuici agus thosaigh sí ag gol. Chuir Áine a lámh thar a guaillí agus rinne iarracht í a *shuaimhniú.

D'fhéach Iryna síos an tsráid dhorcha. Bhí sráid mar í in aice an stáisiúin ina baile dúchais sa Pholainn. "Má fhanaimid inár seasamh anseo, ceapfaidh daoine gur beirt *striapach sinn atá ag lorg custaiméirí," ar sise agus bhris an gol uirthi arís.

"Agus seo an chéad chustaiméir," arsa Áine agus í ag féachaint ar charr beag donn a bhí ag casadh isteach sa tsráid. Stad an carr ar an taobh thall den tsráid.

*i sáinn *in a predicament*
*róbhródúil *too proud*
*í a shuaimhniú *to calm her*
*striapach *prostitute*

Caint na hOíche

"A chailíní tá sé in am daoibh síob a thógáil," arsa an tiománaí. Ní fhéadfaidís a súile a chreidiúint – Máirtín a bhí ann. Conas in ainm Dé go raibh sé tar éis teacht ar an láthair.

"Ná bí ag stánadh orm – léimigí isteach anois," a dúirt sé. Léim Iryna agus Áine isteach. Bhí sé deacair orthu aon rud a rá ná aon rud a dhéanamh, bhí an oiread sin iontais agus sásaimh orthu."

"Cad as ar tháinig tú?" d'fhiafraigh Áine de Mháirtín.

"Nach bhfuil tú buíoch gur éirigh liom sibh a aimsiú?" Chonaic sé na deora ar aghaidh Iryna. "An bhfuil tu ceart go leor, a Iryna?" Ní fhéadfadh Iryna freagra a thabhairt bhí *faoiseamh chomh mór sin uirthi.

Chuir Áine an cheist arís, "Conas ar tháinig tú orainn?"

"Fuair mé glaoch ó Shinéad trí cheathrú uair an chloig ó shin. Dúirt sí go raibh sibh sáite i mBré gan airgead mar gur chaill sibh an bus ar ais. Léim mé sa ghluaisteán agus tháinig mé amach."

Thuig Áine go raibh Máirtín ar an mbeagán mac léinn sa chéad bhliain a raibh gluaisteán acu. Ach níor shamhlaigh sí mar *shlánaitheoir é. Níor shamhlaigh seisean é ach oiread ba chosúil.

*faoiseamh *relief*
*slánaitheoir *saviour*

"Níor cheap mé go bhféadfainn tiomáint chomh tapaidh sin,"a dúirt sé.

Bhí an gluaisteán gar don chathair anois. Bhí cónaí ar Mháirtín i ndeisceart na cathrach gar go leor don ollscoil.

D'fhiafraigh sé d'Áine, "Ca háit go díreach a bhfuil cónaí ar Iryna?"

"Tá Iryna chun an oíche, nó an mhéid atá fágtha de, a chaitheamh linne," arsa Áine.

Bhí Iryna ina *tost go fóill. Bhí sí chomh ciúin le *luchóg eaglaise. Thiomáin Máirtín isteach chun na hollscoile chun Áine agus Iryna a thabhairt isteach go dtí na hárasáin ansin. Nuair a stop sé, bhí Sinéad ina seasamh os comhair an dorais. Láithreach bonn thug sí aghaidh fheargach ar Áine. Thuig sí go mbeadh uirthi ionsaí a dhéanamh uirthi sula ndéanfadh Áine ionsaí uirthi féin faoi ghlaoch a chur ar Mháirtín.

"Conas ar chaill sibh an bus abhaile? Cad in ainm Dé a bhí ar siúl agat? Bhí fhios agat go raibh sé ag imeacht ag leath-uair tar éis a dó-dheag."

Thosaigh na cailíní ag *screadaíl lena chéile. D'fhág sé sin Máirtín le hIryna a stiúradh isteach san árasán. Bhí an áit trína chéile. Éadaí ar an talamh, *gréithre salacha sa chistin, ach cuma chompórdach ar an áit, dar le Máirtín. Bhí a fhios aige go raibh Emma, an tríú duine san árasán, an mac léinn leighis, tar éis aistriú go coláiste eile. Bhí Emma sa mheánscoil le Máirtín. Is trithi a chuir sé aithne ar an mbeirt eile.

Stiúraigh sé Iryna isteach san árasán agus leag sé síos í ar an *tolg. Chuir sí a lámha timpeall air agus thosaigh sí ag caoineadh arís.

21

---

*ina tost *silent*
*luchóg eaglaise *churchmouse*
*ag screadáil *shouting*

*gréithre *dishes*
*tolg *sofa*

Bhraith Máirtín an-chóngarach di. Bhí rud éigin ar leith fuithi. Ní hé gur *saineolaí a bhí ann ar chúrsaí grá, nó ar mhná ach oiread, ach thaitin sé leis go raibh sé in ann cuidiú léi. Nuair a chuala an bheirt eile an gol stad siad den screadaíl agus tháinig siad isteach. Bheartaigh siad Iryna a shocrú sa seomra folamh a bhí ag Emma.

Shocraigh Sinéad tae a dhéanamh. Thuig Áine nár nós le hIryna tae a ól ach d'fhan sí ina tost. Níor thuig Máirtín cén fáth go raibh Iryna tar éis briseadh síos chomh mór sin. Rinne Iryna iarracht a mhíniú dó agus na deora fós ag sileadh léi. "Táim ceart go leor ach bhí lá an-deacair agam. Ghlaoigh m'athair níos luaithe ar maidin chun a rá go bhfuil mo sheanathair ar tí bás a fháil. Tá sé ródheireanach mórán a dhéanamh dó ach mothaím *ciontach nach bhfuilim ar fáil chun cuidiú le m'athair nuair atá cuidiú ag teastáil."

Chuir sí leis an scéal nuair a bhí cupán tae tugtha ag Sinéad don cheathrar acu. Mhínigh sí tuilleadh faoina muintir.

"Mar is eol díbh, is Polannach mé. Chuir mé an dua orm féin an Ghaeilge a fhoghlaim agus mé ag fás aníos. Tháinig m'athair go hÉirinn, nuair a bhí sé óg agus chaith sé seal anseo mar mhac léinn Béarla i lár na n-ochtóidí. Thit sé i ngrá le hÉireannach, *mac léinn iarchéime Gaeilge a bhí ag déanamh dochtúireachta i bhfilíocht Nuala Uí Dhomhnaill san ollscoil agus shocraigh siad siúl amach le chéile. Bhog sise chun na Polainne tar éis tamaill agus bhunaigh an bheirt acu scoil teangacha i bPoznan. Pósadh iad agus rugadh mise ach fuair mo mháthair bás obann nuair a bhí sí ag taisteal ar ais chun

22

*saineolaí *expert*
*ciontach *guilty*

*mac léinn iarchéime *postgraduate*

na Polainne tar éis a céad chuairt ar ais chun na hÉireann. Bhí timpiste bóthair ann agus cailleadh í sa tine a lean é. Bhí an tine chomh holc sin gur dódh corp mo mháthar go hiomlán. Bhí mise sa bhaile le m'athair. Ní raibh mé ach trí bliana d'aois."

Níor fhéad Máirtín a shúile a bhaint d'Iryna agus a scéal á insint aici. Lean sí léi. "Fágadh m'athair go hiomlán croíbhriste agus cé gur chuir sí aithne ar mhná eile ní raibh aon duine inchurtha le mo mháthair. Bhí sé ina mháthair agus ina athair agam. D'fhoghlaim mé Gaeilge agus Béarla agus mé ag freastal ar chúrsaí a bhí ar siúl gach samhradh sa scoil teangacha. Tá beagnach gach teanga san Eoraip á teagasc sa scoil," a dúirt sí go bródúil. "Bheartaigh mé teacht chun na tíre seo mar gur theastaigh uaim eolas a chur ar an gcuid Éireannach díom. Theastaigh uaim staidéar a dhéanamh ar an nGaeilge, mar b'shin ábhar speisialta mo mháthar. Dia beag ab ea mo mháthair i súile m'athar."

"Ach nach raibh tuismitheoirí ag do mháthair?" arsa Áine. "Cá raibh siadsan ag an am?"

"Ní raibh aon *teagmháil ag m'athair leo ón lá a fuair mo mháthair bás. Ní fhéadfadh tuismitheoirí mo mháthar é a *mhaitheadh dó nuair a dúirt sé go raibh sé i gceist aige mé a thógáil sa Pholainn. Bhí siad i gcoinne an chleamhnais ón tús. Ó am go céile, bhí teagmháil idir m'athair agus Eithne, m'aintín, an duine a bhí ag taisteal ar ais chun na Polainne le mo mháthair nuair a tharla an timpiste. Tháinig sise slán as. Go dtí go raibh mé dhá bhliain déag d'aois ba nós léi bronntanas Nollag agus bronntanas breithlae a sheoladh chugam agus ansin stad sí."

23

---

*teagmháil *contact*
*maithim dó *I forgive him*

Bhí sé a cúig a chlog ar maidin nuair bhí a cuid cainte déanta ag Iryna. Bhí sí réidh don chodladh. Bhí Áine agus Sinéad sásta ligean le Máirtín fanacht ar an tolg. Thaitin sé leis dul a chodladh faoin díon céanna le hIryna.

Ba í Sinéad an chéad duine a d'éirigh. D'ullmhaigh sí bricfeasta, tae, calóga arbhair, arán, agus sú dí féin agus leag amach *trádaire d'Iryna. Bhí Áine míshásta. "Ba chuma leat fúmsa mar sin," a dúirt sí, "ní smaoiníonn tú ormsa in aon chor agus ná habair gur sciob tú an bainne go léir chomh maith." Nuair a dhúisigh Iryna, bhí an ghrian ag taitneamh tríd an bhfuinneog. Thóg Máirtín an trádaire, a d'ullmhaigh Sinéad, isteach sa seomra leapa agus bhreathnaigh sé uirthi le *cion. "Seo duit do bhricfeasta," ar seisean agus é ag breathnú ar ghruaig fhionn Iryna spréite amach ar an bpiliúr. Bhí cuma *mhílitheach ar a haghaidh ón oíche roimhe sin ach mar sin féin cheap sé go raibh aghaidh ghleoite aici. Bhí fonn air aire a thabhairt di.

Tháinig aoibh níos fearr ar Iryna nuair a fuair sí téacs óna hathair níos déanaí ar maidin chun a rá go raibh Alex, a seanathair, ag caint agus cé go raibh sé an-lag agus fós i mbaol báis bhí an-iontas ar na dochtúirí go raibh feabhas chomh mór sin air. Nuair a d'fhág sí slán ag na cailiní, chun dul amach go Raghnallach bhí aoibh i bhfad níos fearr uirthi.

Thug Máirtín isteach sa chathair sa charr í chun a málaí a bhailiú ón mbrú agus ansin d'fhág sé ag an teach i Raghnallach í. Bhí cluiche iománaíochta aige agus níor fhéad sé fanacht. Bhi Iryna ar bís le dul isteach ina seomra nua. Chuir sí síos a mála agus fuair sí an eochair a bhí

24

*trádaire *tray*
*cion *affection*

*mílitheach *pale*

faoin bpota in aice an dorais. Chuir sí isteach sa *ghlas í agus rinne iarracht í a chasadh. Níor tharla aon rud. Scrúdaigh sí an doras. Bhí an glas athraithe ón lá roimhe. Bhí sí ina seasamh lasmuigh den teach ina raibh seomra aici ann, seomra a raibh éarlais 350 Euro íoctha aici air agus ní raibh sí in ann dul isteach ann.

*glas *lock*

Cairde

"Ní raibh éinne ag freagairt an dorais. Cá raibh Steve? Bheartaigh Iryna rith timpeall go cúl an tí, le cnagadh ar fhuinneog na cistine. "Níl aon duine ann. Tá sé sin aisteach. Is dócha gurbh fhearr dom glaoch a chur ar Steve féachaint cathain atá sé i gceist aige filleadh abhaile."

"Steve, Iryna anseo."

"Níl aon aithne agamsa ar bhean darbh ainm Iryna. Cén fáth go bhfuil tú ag glaoch orm. An bhfuil tú féin agus do chairde ag *imirt cleasa ormsa?"

"Steve, Iryna anseo. Tá sé ag *pleidhcíocht is dócha," ar sise léi féin. "An bhféadfá a rá liom cathain a bheidh sibh ar ais ag an teach. Tá mé ag feitheamh ort agus tá sé ag tosú ag cur!"

Bhí tost ar an líne. Lean Iryna uirthi. "Seo Iryna, an cailín ón bPolainn. Bhí mé le seomra a thógáil uait sa teach. Rinneamar cinneadh go mbeadh cead agam bogadh isteach sa teach inniu, an cuimhin leat?"

"Is cuimhin, ní raibh aon uimhir agamsa duit. Bhí sé i gceist agam glaoch a chur ort ach… ar aon nós, an rud a bhí le rá agam ná…," agus d'éirigh a ghuth chomh lag sin nach bhféadfadh Iryna é a chlos.

"Gabh mo leithscéal," arsa Iryna. "Cad tá cearr, a Steve? Inis

26

---

*cleas a imirt ar *to play a trick on*
*ag pleidhcíocht *fooling*

dom le do thoil. Ní féidir liom cabhrú leat, mura n-insíonn tú dom."

Labhair Steve go stadach. "Baineadh an teach díom. Beidh ort áit eile a fháil. Tá brón orm."

"Baineadh an teach díot," arsa Iryna agus iontas ina glór. Ní chreidim tú."

Lean Steve leis. "Baineadh an teach díom ach tá Alanna fós agam. Bhí orm gach píosa ealaíne, agus an troscán uile a dhíol agus fiú le sin, níor shásaigh sé na *hiasachtóirí santacha sin. Cén fáth gur cheap tú go raibh mé ag glacadh le mac léinn ollscoile? Ar mhaithe leis an gcraic, ní doigh liom é!"

"Cé hiad na hiasachtóirí santacha seo?" a Steve. "Inis dom."

Daoine a thug beagán airgid dom le m'fhiacha a ghlanadh ach, ach..." Chríochnaigh Iryna a abairt dó. "Ach ar deireadh, chaill tú gach uile rud." Bhí *creidmheas fóin Iryna ídithe agus stop an glaoch le Steve láithreach. Ba chuma, ní raibh athrú le teacht ar an scéal agus níorbh fhiú é a phlé! Bhí sí fágtha gan *dídean arís. Bhí mí-ádh uirthi ó chuir sí cos ar thalamh na hÉireann. Mura dtiocfadh feabhas ar chúrsaí bheadh uirthi smaoineamh ar fhilleadh ar an bPolainn. D'fhill sí ar an ollscoil agus mhínigh sí do Mháirtín, Shinéad agus Áine ar tharla di.

"Ceart go leor," arsa Áine agus í tar éis *ceannas an ghrúpa a ghlacadh uirthi féin. "A Mháirtín, ar aghaidh linn mar sin. Rachaimid abhaile go dtí ár n-árasán, beidh greim le h-ithe againn agus déanfaimid plean duit, a Iryna, ionas go dtiocfaidh tú ar áit éigin eile, go luath."

---

*iasachtoirí santacha *greedy lenders* *dídean *shelter*
*creidmheas *credit* *ceannas: i gceannas *in charge*

"Cad tá againn le h-ithe?" arsa Áine nuair a bhain siad an t-arasán amach. D'fhéach sí sna cófraí agus sa chuisneoir agus nuair a thuig sí nach raibh greim bia sa teach, bheartaigh sí ceithre pizza móra a ordú ón siopa. Nuair a tháinig na pizzas, thosaigh siad ag ithe agus mhothaigh Iryna céad uair níos fearr. Labhair Sinéad "Iryna, tá brón orm gur chaill tú do mháthair agus tú chomh hóg sin ach ón méid atá ráite agat níl aon bhac ort bualadh le muintir do mháthar. Ba bhréa leo bualadh leat, déarfainn."

"An dóigh leat?" arsa Iryna go hamhrasach. "Ní dhearna siad aon iarracht le cúig bliana déag anuas anois dul i dteagmháil liom, ní bhfuair mé cárta Nollag uathu fiú."

"Sin toisc go bhfuil siad ar buile le d'athair. Níl siad crosta leat. Tá siad gortaithe," arsa Sinéad, "Mar sin, mholfainn duit tosú á lorg. Déarfainn nach bhfuil áit níos fearr le tosú ná sa leabhar fóin." Agus amach léi go dtí an halla. "An as Baile Átha Cliath muintir do mháthar, Iryna?"

"Níl a fhios agam," arsa Iryna go ciúin, "níl móran ar eolas agam futhu seachas gur *tréadlia atá i mo sheanathair agus gurb é John agus Veronica Ó Murchú is ainm dóibh. Ar chúis éigin, déarfainn go bhfuil siad ina gcónaí san iarthar, i Luimneach b'fhéidir. Ní raibh mo mháthair ina cónaí leo nuair a bhí sí ar an ollscoil."

"Ó no," arsa Sinéad, "tá an oiread sin John Ó Murchú-anna sa tír go mbeidh sé an-deacair teacht ar an gceann ceart agus níl againn anseo ach eolaí teileafóin Bhaile Átha Cliath."

"Éist, tá leid éigin agam b'fhéidir," arsa Iryna.

"Abair linn," arsa Áine.

28

*tréidlia *veterinary surgeon*

"Cá bhfuil Cnoc na Coiribe? Más buan mo chuimhne, is í sin an áit a raibh muintir mo mháthar ina gcónaí ann."

"Tá sé sin sa Ghaillimh," a Iryna, "tamall lasmuigh den chathair, ceantar iargúlta, ach téann bus na cathrach amach chuige," arsa Sinéad. "Déarfainn gurb é an rud is fearr ná a rá leis an leabharlannaí san ollscoil amárach go bhfuil tú ag déanamh staidéir ar do mhuintir agus iarradh uirthi cabhrú leat teacht ar do sheanathair. Déarfainn go mbeidh sí in ann teacht ar an eolas i bhfad níos tapúla ná sinne."

"Dea-phlean," arsa Iryna os ard ach í fós *idir dhá chomhairle an ndéanfadh sí é nó nach ndéanfadh sí é. "An mian liom bualadh le mo sheantuismitheoirí?" a dúirt sí léi féin. "Tá mórán ceisteanna le cur agam orthu ach ní theastaíonn uaim m'athair a *thréigean ach oiread. Bhí sé i gcónaí ann dom. Bhí sé i gcónaí ar an duine is tábhachtaí i mo shaol agus ghlac na daoine sin go holc leis. Bhí fáth lena gcuid iompair ach…"

Chríochnaigh Máirtín an deoch liomonáide a bhí aige agus dúirt sé leis na cailíní go mbeadh air imeacht. Bhí Iryna anois i bponc. Bhí na busanna go lár na cathrach ina stad don oíche agus anois bhí a síob ag imeacht freisin. Léim Áine in airde *amhail is go raibh sí in ann intinn Iryna a léamh. "Iryna, Iryna," arsa Áine go háthasach, "tá dea-scéal agam duit ar deireadh. Tá Emma a bhí sa tríú seomra anseo imithe chun staidéar a dhéanamh sa Ghaillimh, rud a ciallaíonn…"

"… go bhfuil a seomra saor anois," arsa Iryna. Ba dheacair di é a chreidiúint - seomra aici ar champas na hollscoile, le daoine deasa cairdiúla.

---

*idir dhá chomhairle *undecided*   *amhail is *as if*
*tréigean *abandon*

"Nach bhfuil bac éigin ann? Nach bhfuil léas ann nó rud éigin a deir nach bhfuil cead agam glacadh leis an seomra láithreach? Caithfear an seomra a thairiscint do dhaoine eile i dtosach, nach gcaithfidh?" arsa Iryna.

"Bhuel, bhíos ag smaoineamh ar an bhfadhb sin," arsa Áine. "Nach raibh a fhios agat gur dlíodóir atá i m'athair? Ar aon nós, an moladh a bheadh aige ná go mbógfá isteach láithreach. Má bhíonn tú in ann an cíos a thabhairt dúinn gach mí, in airgead tirim, cuirfidh mé airgead an árasáin ina iomlán isteach i gcuntas fhear an tí. Ní bheidh a fhios aige an tusa nó Emma a d'íoc é agus i ndáiríre is cuma leis, chomh fada is a íoctar an cíos in am, gach mí. Agus an méid sin ráite, an nglacfaidh tú leis an seomra?"

"Cinnte, cinnte, glacfaidh mé leis," a dúirt Iryna in ard a ghutha agus í ag *breith barróige ar Mháirtín agus ar Shinéad. Bhí an-áthas uirthi.

Chuaigh sí amach le Máirtín ansin chun a mála a fháil agus d'imigh seisean leis abhaile. Ní raibh aon fhonn ar an mbeirt eile dul a luí. Thug Iryna *leid go raibh sí tuirseach. Thosaigh sí *ag méanfach. Níor thug Áine nó Sinéad aird uirthi. Chuir siad an teilifís ar siúl agus thosaigh siad ag caint faoi na fir dhathúla a bhí ar aithne acu ar an ollscoil.

Arsa Áine, "tá buachaill i mo rang Gearmáinise, cara le Máirtín, atá an-dathúil agus fhios aige go bhfuil sé dathúil. Déarfainn go gcaitheann sé leathuair a chloig gach maidin ar a laghad os comhair an scatháin ag cóiriú a chuid gruaige. Ba chuma liom faoi sin, ach níos measa fós tá cailín aige cheana féin. Tá sí níos fearr ná mé ag an

*ag tabhairt barróige *hugging*   *ag méanfach *yawning*
*leid *hint*

nGearmáinis agus is duine de na *príomhmhainicíní ag an seó faisin i mbliana í chomh maith. Níl seans agam leis!"

"Tuigim do chás," arsa Sinéad agus í ag baint an-taitnimh as an gcomhrá. "Is fuath liom daoine den tsaghas sin, atá ar fheabhas ag gach uile rud agus dathúil chomh maith." D'fhéach sí ar Iryna.

"Cad é an scéal idir tú féin agus Máirtín?"

"Gabh mo leithscéal," arsa Iryna, "níl a fhios agam ar chuala mé i gceart thú."

"Chuala," arsa Sinéad agus miongháire ar a haghaidh.

"Bhuel, más é sin do cheist, ní fiú an cheist a chur. Níl aon rud ar bun idir mé féin agus Máirtín. Cairde atá ionainn agus is fearr mar sin é. Níl aon suim agam i bhfir faoi láthair," arsa Iryna.

"Cén fáth nach bhfuil suim agat i bhfir?" arsa Áine, agus iontas ina guth.

"An bhfuil suim agat i mná mar sin?" arsa Sinéad agus í ag caitheamh póganna le hIryna. Thuig Iryna go raibh sí ag magadh.

"Sea sin é. Tháinig mé an tslí ar fad anseo le teacht ar bhean bheag, le *bricíní agus srón dearg, cosúil leatsa." Chuir a freagra an bheirt eile ina dtost ar feadh tamaill.

"An ndéanfaidh tú iarracht do sheanathair agus do sheanmháthair a aimsiú?" arsa Sinéad.

"Ní dhéanfaidh mé fós. Ní theastaíonn uaim olc a chur ar m'athair. Teastaíonn uaim eolas a chur ar an áit agus ar an teanga sula rachaidh mé á lorg. Tá a fhios agam anois go

31

---

*príomhmhainicín *chief* mannequin   *bricíní *freckles*

bhfuil cónaí orthu i gceantar na Gaillimhe, buíochas libhse," a dúirt sí.

"Ba cheart duit teagmháil a dhéanamh leo," arsa Áine. "Ná fág ródheireanach é. Chaill tú do mháthair; ná caill an deis aithne a chur ar an gcuid eile de do mhuintir."

An mhaidin ina dhiaidh sin, d'éirigh Iryna agus chuaigh sí chun na leabharlainne. Bhí sí ar bís le heolas a fháil faoi mhuintir a máthar. Tar éis dí breis is trí huaire a chloig a chaitheamh ina suí i gcúinne chiúin i *roinn na ngéineolaíochta bhí liosta mór ag Iryna de ghach uile duine a rugadh sa tír idir seasca agus ochtó bliana ó shin leis an ainm John Ó Murchú. Bhí sé ag druidim le meánlae nuair a d'fhág sí an leabharlann. Cheap sí go raibh sí tar éis an áit ina raibh siad ina gcónaí sa Ghaillimh a aimsiú leis an eolas a bhí aici agus bheartaigh sí dul ar ais chuig an arasán le haghaidh lóin. Bhí doras an arasáin ar oscailt nuair a shiúil sí isteach. Is dócha go ndearna Áine nó Sinéad dearmad an doras a dhúnadh, a smaoinigh sí. "A Shinéid, a Áine, an bhfuil éinne sa bhaile?" arsa Iryna agus í ag siúl go mall chuig an árasán. Bhain sí an seomra suite amach, áit a raibh a mála ann. Bhí a stuif caite ar fud an tseomra. "N'fheadar an raibh Áine nó Sinéad ag lorg sciorta ar iasacht agus chuadar ag tochailt i mo mhála," arsa Iryna léi féin. Ansin, rith smaoineamh léi. An raibh a pas, agus a hairgead *éigeandála fós ann? Agus an seodra a thug a seanmháthair di?

Thosaigh sí ag dul tríd a mála. "Imithe, gach rud imithe," arsa sí arís is arís eile, os ard.

Chuala sé duine ag an doras. Máirtín a bhí ann. D'fhéach

*roinn na géineolaíochta   *éigeandáil *emergency*
the geneology section

sé ar an seomra. "Thuig mé go raibh cailíní *míshlachtmhar ach níor shíl mé go dtí anois go raibh siad chomh míshlachtmhar sin?" ar seisean. Thosaigh Iryna ag gol. Thuig Máirtín ansin go raibh fadhb ann agus ghlaoigh sé ar Shinéad agus Áine. Chuir sé Iryna ar an tolg agus rinne sé cupán tae di.

"Fanfaidh mé go dtí go dtiocfaidh na cailíní. Ná bí buartha tiocfaimid ar réiteach," arsa Máirtín.

*míshlachtmhar *untidy*

Fostaíocht

"O *a thiarcais," arsa Iryna i mbarr a gutha. "Cad a
dhéanfaidh mé gan phas? Ní cheadófar dom dul abhaile go
dtí an Pholainn ag an Nollaig, mura bhfaighidh mé ar ais
é. Agus tá mo chuid airgid imithe chomh maith. Agus an
rud is measa a Mháirtín nílim in ann dul chun cainte le
*maor an bhloic árasáin go dtí go dtiocfaidh duine den
bheirt eile abhaile. Mar, nílím in ainm is a bheith i mo
chónaí anseo! Tá súil agam go mbrostóidh siad ar ais. An
ndúirt tú leo go raibh sé práinneach go dtiocfaidís abhaile
láithreach?"

Sula raibh deis ag Máirtín freagra a thabhairt phléasc
doras an árasáin ar oscailt. "Áááá cad a tharla anseo?"
arsa Áine. An rud céanna a dúirt Sinéad cúig nóiméad ina
diaidh. Labhair Máirtín go húdarásach, "a chailíní, an
moladh a bheadh agam ná go rachadh gach éinne dá
seomra féin agus liosta de na rudaí atá in easnamh a
dhéanamh, a fhaid is a chuirim glaoch ar na Gardaí." Bhí
ciall leis an bplean sin. D'imigh na cailíní leo, gan focal
eile a rá.

Fiche nóiméad níos déanaí, bhí Áine, Sinéad agus Iryna
ina suí i dteannta Mháirtín ar an tolg agus garda ag scrúdú
na liostaí a bhí déanta ag na cailíní dá raibh in easnamh
uathu. Ní chreidféa an méid a bhí imithe *micreaoighean,
teilifísean, seinnteoir DVD, dhá sheinnteoir ceoil

34

---

*a thiarcais *my goodness*   *micreaoighean *microwave oven*
*maor *warden*

soghluaiste, fón póca, dhá cheadúnas tiomána, breis is 1000 Euro in airgead tirim (bhain breis is 800 Euro le hIryna amháin), seodra, giotár Shinéid, bróga reatha costasacha Áine (bhí sí trína céile futhu), tríocha *dlúthdhiosca agus seinnteoir ceoil.

"An rud is tábhachtaí domsa ná mo phas. Mura dtiocfaidh mé air ní bheidh cead agam filleadh ar an bPolainn le bheith le mo mhuintir um Nollaig," arsa Iryna leis an ngarda agus í ar tí caoineadh. Thuig an garda go maith an tábhacht a bhain leis an pas a aimsiú, ach bíodh go raibh an-trua aige d'Iryna, ní raibh sé *ródhóchasach go dtiocfaidís ar an ngadaí. "A chailíní, caithfidh mé an fhírinne a insint daoibh," ar seisean, "Is beag an seans go dtiocfaimid ar an ngadaí. Cé go bhfuil doras bhur n-árasáin féin briste agus fágtha ar oscailt, níor briseadh príomhdhoras an bhloic árasán. Ciallaíonn sé sin gur fhág sibh an doras ar oscailt i bhur ndiaidh agus sibh ag imeacht ón árasán."

Bhí fearg ar na cailíní. I ndiaidh tost cúpla nóiméad arsa Sinéad i nguth ciúin, "b'fhéidir gur mic léinn sinn ach nílimid dúr, dúnaimid an doras inár ndiaidh gach uair a fhágaimid an t-arasán."

"D'fhéadfadh gur duine de bhur *gcomharsana sa bhloc árasán seo an gadaí. Ní bheadh air príomhdhoras an bhloic a bhriseadh, bheadh an eochair aige cheana agus bheadh a fhios aige chomh maith cé acu an raibh sibh sa bhaile nó nach raibh. De ghnáth ní tharlaíonn goid chomh luath seo sa lá. Déarfainn gur chuala sé sibh ag fágáil an árasáin níos luaithe."

*dluthdhosca *compact disk*   *comharsa *neighbour*
*dóchasach *hopeful*

"Ó, tá sé sin go hainnis." arsa Áine. "B'fhearr liom gur stráinséar a bheadh ann. Cheap mé gur daoine breátha a bhí inár gcomharsana."

"Tá an ceart aici," arsa Sinéad, "cheap mé i gcónaí go raibh an t-ádh dearg orainn. Árasán álainn agus comharsana den chéad scoth againn. Ansin, tarlaíonn rud den tsaghas seo agus tosaíonn tú ag éirí *amhrasach, ag ceapadh go bhfuil fuath ag gach duine ort."

"An bhfuil aon duine a chónaíonn timpeall na háite anseo a bhfuil fuath aige nó aici oraibh nó ar dhuine amháin agaibh?" arsa an garda. "Má tá, is fearr é a rá linn anois." Bhí ciúnas iomlan sa seomra, ansin dúirt Sinéad, "Mar a dúramar cheana, b'fhéidir go bhfuilimid beagáinín soineanta ach cheap mé go raibh gaol maith againn lenár gcomharsana go léir." D'fhág an garda go luath ina dhiaidh sin agus d'imigh Máirtín go gairid ina dhiaidh.

Chuaigh Iryna isteach ina seomra codalta féin. "Níl ach 50 Euro i mo sparán agam," a dúirt sí léi féin. "Nílim in ann iarraidh ar mo Dhaid a thuilleadh airgid a chur chugam. Tá sé banc-bhriste cheana féin agam. Ó is trua nár chuir mé an t-airgead sin sa bhanc. Bhí mé chun cíos na míosa seo chugainn a íoc leis an airgead sin. Níl an dara rogha agam is cosúil. Beidh orm teacht ar *phost páirtaimseartha nó beidh mé gan dídean i gceann míosa. Ó, ní chreidim é seo, i dtosach Steve agus an éarlais. Anois goid. Caithfidh go ndearna mé rud olc sa saol a bhí agam roimhe seo!"

An mhaidin dar gcionn, dhúisigh Iryna le tinneas cinn. Bhíodh tinneas cinn aici i gcónaí, nuair a bhíodh rud éigin ag *cur isteach uirthi. Cúrsaí airgid a bhí ag cur

*amhrasach *suspicious*   *ag cur isteach uirthi *troubling her*
*post pairtaimseartha *part-time job*

isteach go mór uirthi, an t-am seo. Chuir sí bríste dubha agus léine corcra foirmeálta uirthi. Ag an mbricfeasta dúirt sí le hÁine agus le Sinéad go raibh sí chun post a lorg an lá sin agus go mbeadh sí an-bhuíoch dóibh as nótaí a ghlacadh ar a son sa rang cainte Ghaeilge Chonnachta,

Thosaigh sí sa *bhruachbhaile in aice leis an ollscoil. Bhí fógra ag an stad buis ag lorg duine éigin le madraí a thabhairt amach ag siúl. Chuir Iryna glaoch ar an uimhir a bhí ar an bhfógra. D'fhreagair bean é. "Halló, bheadh suim agam madraí a thabhairt amach ag siúl mura bhfuil an post líonta agat cheana féin, ar ndóigh."

"Dia is Muire duit. Níl an post líonta go fóill. An mbeidh tú in ann teacht tráthnóna, le cúrsaí oibre a phlé?"

"Beidh. Cén t-am is cén áit?" arsa Iryna.

"Cad faoi theacht chugam ar a leathuair tar éis a cúig. Pléifidh mé cupla rud leat i dtosach báire, ansin baileoimid na custaiméirí." Ba bheag nár phléasc Iryna amach ag gáire. "Cén saghas duine a thabharfadh "custaiméir" ar mhadra! Déarfainn gur bean chraiceáilte í," arsa Iryna léi féin.

Bhain sí an teach ceart amach. Bhí bean seachtó bliain d'aois ina seasamh ag geata an tí ag feitheamh uirthi. "Ó, níl a fhios agam faoi seo ar chor ar bith," arsa an mbean nuair a chonaic sí Iryna ag siúl ina treo. "Tá cuma óg agus lag ortsa, b'fhéidir nach é seo an post is *feiliúnaí duit."

"Tá an-suim agam in ainmhithe agus in ainneoin na cuma atá orm, tá taithí agam ar obair chrua. Tá feirm ag fear m'aintín."

---

*bruachbhaile *suburb*
*feiliúnach *suitable*

37

"Ceart go leor mar sin," arsa an bhean agus cuma mhíshásta uirthi go fóill. "Ní cheart breis is cúig mhadra a thabhairt amach ag siúl ag aon am amháin. Tá gá ag na madraí móra le breis is dhá uair a chloig siúlóide. Ciallaíonn sé sin, go mbeidh ort anois is arís, na madraí beaga a iompar abhaile. Gearraim deich Euro in aghaidh an mhadra. Coimeádaim ceithre Euro agus faigheann tusa sé Euro. Caithfidh tú na madraí a thabhairt amach ag siúl gach uile lá nó *ionadaí a fháil le d'áit a ghlacadh. Má theipeann ort an riail seo a chomhlíonadh, uair amháin fiú, ní bheidh post ann duit an lá dar gcionn. An dtuigeann tú mé?"

"Tuigim," arsa Iryna. Chuaigh siad go cúpla sráid éagsúla leis na madraí a bhailiú agus chaith Iryna an oíche ag siúl timpeall na páirce leo. An chéad lá eile, bhailigh sí na madraí ar a seacht agus shiúladar go dtí a ceathrú tar éis a naoi. Bhain sí taitneamh as. Ba dheas bheith amuigh faoin aer. Ba dheas deis a bheith aici chun smaoineamh a dhéanamh. Ach faoin gcúigiú lá, bhí Iryna *bréan de bheith ina haonar. Bhí an aimsir ag dul in olcas in aghaidh an lae. Tús mhí Dheireadh Fomhair a bhí ann. Ach lean Iryna léi ag tabhairt a cuid 'custaiméirí' amach ar shiúlóid in ainneoin na fuachta. Ar an deichiú oíche, tháinig sí abhaile agus í fliuch báite agus b'éigean di an chéad dá lá eile a chaitheamh sa leaba agus *drochshlaghdán uirthi. Dúirt Áine go nglacfadh sí le cúram na madraí. Thógfadh sí na madraí léi go luath ar maidin agus í ag dul ag rith, sula rachadh sí ar an ollscoil. "An-phlean," arsa Iryna. Ón lá sin amach, bhí Áine *freagrach as na madraí. Ní raibh aon díomá ar Iryna cé gur thuig sí go mbeadh uirthi airgead a thuilleamh in áit éigin eile.

*ionadaí *substitute*   *drochshlaghdán a *bad cold*
*bréan de *fed up with*   *freagrach *responsible for*

Tuilleadh Postanna

Chomh luath agus a bhí *biseach uirthi, chuaigh Iryna go
Sráid Ghrafton le post eile a lorg. Bhí sí dóchasach go n-
aimseodh sí rud níos oiriúnaí di féin, i lár na cathrach. Bhí
sí gléasta in éadaí oifige arís, agus bhí céad cóip dá CV
aici. Faoina a thrí a chloig um thráthnóna, bhí sí in *ísle
brí. Bhí sí tar éis a CV a thabhairt do bhreis is seasca siopa
eadaí, siopaí bia, bialanna, tithe tábhairne, cúpla banc fiú.
"Níl na scileanna cearta agat do phost san áit seo," an
freagra is minice a fuair sé. Bhí cúpla áit ann a ghlac lena
CV agus dúradh léi go gcuirfí glaoch uirthi chomh luath
is a bheadh *folúntas ann. Thuig Iryna go rí-mhaith nach
gcuirfí glaoch uirthi choíche. *Go héadóchasach, shiúil sí
isteach i mbialann bia tapaidh. Thaispeáin sí a CV don
*bhainisteoir agus *thairg sé post di láithreach. B'éigean
di conradh a shíniú. Níor léigh Iryna é. Bhí an Béarla
róchasta agus bhí an oiread sin le léamh ann. Thosaigh sí
ag obair sa bhialann an lá dar gcionn.

Cuireadh ag obair sa chistin ar chúl na bialainne í, ag
ullmhú *sceallóga. B'éigean di mála plaisteach a
chaitheamh ar a ceann, lena gruaig a chlúdach. Dódh
cupla uair í ach mar sin féin, níor ceadaíodh di sos a
ghlacadh leis na *créachta a chlúdach. D'oibrigh sí óna a
haon déag ar maidin go dtí a haon déag ist'oíche le
leathuair de bhriseadh aici ag a ceathair don lón. Thuig sí

39

---

*bhí biseach uirthi *she was better*
*ísle brí *dejection* *folúntas *vacancy*
*go headóchasach *despairingly*
*bainisteoir *manager*

*thairg siad *they offered*
*sceallóga *chips*
*créacht *wound*

tar éis seachtaine nach bhfeadfadh sí fanacht sa phost. Bhí sí ag cailliúint léachtanna san ollscoil agus bhí sí ró-thuirseach nuair a bhain sí an t-árasán amach chun aon léitheoireacht a dhéanamh. Nuair a bhí go leor airgid aici chun cíos na míosa a thabhairt d'Áine d'éirigh sí as.

Cheannaigh sí nuachtán i siopa na mac léinn, an mhaidin dar gcionn agus léigh sí na fógraí a fhaid is a bhí sí ag ithe a bricfeasta. Tháinig sí ar áit amháin, teach tábhairne, a bhí ar tí oscailt i lár na cathrach. Bhí cailíní *de dhíth orthu. Obair oíche a bhí i gceist. Ghlaoigh Iryna ar an uimhir a bhí sa nuachtán. "Dia is Muire duit, chonaic mé bhur bhfógra sa nuachtán agus theastaigh uaim cur isteach ar phost ann, má tá postanna fós ar fáil."

"Tá cinnte, bí anseo ar a deich a chlog, maidin Shathairn. Is ansin a bheidh na *hagallaimh. Cad is ainm duit?"

"Iryna Mykovski, M-Y-K-O-V-S-K-I. Is as an bPolainn dom."

"Ó is as an bPolainn do mhórán de na cailíní eile anseo chomh maith. Beidh tú ar do shuaimhneas anseo linn, táim cinnte. Ná déan dearmad éadaí compordacha a chaitheamh."

"Cad a bhí i gceist aici faoi na héadaí?" arsa Iryna léi féin. "Cén fáth go mbeadh ar dhuine éadaí compordacha a chaitheamh le haghaidh agallaimh? Beidh sé deas bualadh le Polannaigh eile atá ina gcónaí in Éirinn, mar sin féin."

Maidin Shathairn, d'éirigh sí go luath. Chuir sí buataisí móra dubha uirthi faoina brístí géine agus geansaí dubh. "Símplí ach stíleach," arsa Iryna léi féin agus í á scrudú féin os comhair an scátháin. D'fhág sí an t-árasán súlar

*bhí cailíní de dhíth orthu   *agallamh interview
  they needed girls

dhúisigh Sinéad nó Áine. Ní raibh sí go huile is go hiomlán cinnte cén saghas áite a raibh sí ag dul chuige. Bhain sí amach ar deireadh é. Ní raibh cuma teach tábhairne air. "Tá sé a deich a chlog maidin Shathairn, tá gach teach tábhairne agus club dúnta ag an am seo," a duirt sí léi féin. Shiúil sí isteach. Bhí a lán cailíní eile ann, agus iad bailithe i gcúinne amháin. Áit mhór a bhí sa teach tábhairne seo. Glacadh a hainm ag an doras agus chuaigh sí le seasamh i measc an ghrúpa sa chúinne. Thosaigh an bhean, a labhair le hIryna ar an nguthán, ag caint. D'aithin Iryna a guth. "Íocfar 300 euro in aghaidh na hoíche do gach cailín. Ag an deireadh seachtaine íocfar 500 euro agus sin, gan bhur *seisíní."

"Cén fáth go ndúirt sí gach cailín? An amhlaidh nach bhfuil ach mná amháin ag obair anseo?" arsa Iryna léi féin. Mhínigh an bainisteoir go raibh ar gach cailín beagán damhsa a dhéanamh os comhar an tslua. Thosaigh an chéad chailín ag rince. "Tá stíl damhsa *an-gháirsiúil aici," arsa Iryna léi féin. Ansin, bhain an cailín a geansaí agus a brístí in aon iarracht thapaidh amháin. Thosaigh an chuid eile den ghrúpa ag screadaíl agus ag bualadh bós. Ba léir go raibh an bainisteoir sásta. "fáilte isteach'" a dúirt sí nuair a stad an cailín. Thosaigh an dara cailín ag rince. Lig Iryna uirthi go raibh sí ag dul chuig an leithreas. Rith sí amach príomhdhoras an teach tábhairne. Bhí eagla an domhain uirthi go bhfeicfeadh duine dá *lucht aitheantais í ag teacht amach. Chuaigh sí isteach i gcaife agus rinne sí iarracht a smaointe a chur in ord agus in eagar. "Ní gnáththeach tábhairne atá ansin ar chor ar bith," arsa Iryna léi féin. "Fiú má tá mé ar bheagán airgid agus eagla an domhain orm go mbeidh mé gan dídean i

---

41

*seisíní *tips*   *lucht aitheantais *acquaintances*
*an-ghairsiúil *obscene*

gceann míosa, ní fhéadfainn obair den tsaghas sin a dhéanamh," a dúirt sí léi féin.

Bhí sí ina seasamh lasmuigh d'oifig na mac léinn, nuair a d'oscail sé ar a naoi, an lá dar gcionn. Bhí sí chun *comhairle an oifigigh fhostaíochta a lorg an t-am seo. Bhí an t-oifigeach cinnte go bhféadfadh sí post óiriúnach a aimsiú d'Iryna. B'éigean d'Iryna cúpla foirmeacha a líonadh amach a fhaid is a bhí an t-oifigeach ag obair ar an ríomhaire. Tar éis nóiméid dúirt sí. "Tá sé agam, tá an post is óiriúnaí ar domhan aimsithe agam duitse. Tá post páirtaimseartha á fhógairt ag nuachtán Gaeilge anseo san ollscoil do mhac léinn a bhfuil Gaeilge mhaith aige nó aici agus scileanna ríomhaireachta agus tá siad sin agat. Íocfar 20 Euro in aghaidh na huaire agus tá cead ag an duine a gheobhaidh an post a uaireanta féin a roghnú chomh fada is a dhéanann sé cúig uaire déag an chloig oibre in aghaidh na seachtaine."

"Tá an ceart agat, post *ídéalach a bheadh ann domsa, cinnte. Ach, déarfainn go mbeidh an t-uafás daoine ag cur isteach ar an bpost seo. Bheadh Gaeilge níos snasta agus níos fearr ag an gcuid is mó acu ná mar atá agamsa. Conas a chuirfidh mé isteach ar an bpost seo ar aon nós?"

"Is fiú triail a bhaint as. Seol do CV ar aghaidh go dtí an t-eagarthóir chomh maith le litir agus déan cinnte go bhfuil do Ghaeilge *foirfe agus go léiríonn tú suim agus tuiscint ar an obair agus an-seans go dtabharfaí an post duit láithreach. Cén fáth nach dtabharfaí?" arsa an t-oifigeach.

Chaith Iryna an oíche ag cur feabhais ar a CV. Chabhraigh Áine léi gach botún gramadaí a aimsiú agus litir don nuachtán a chur le chéile. Bhí an post seo de

42

---

*comhairle *advice*   *foirfe *perfect*
*ídéalach *ideal*

dhíth go géar uirthi. Chuir sí a hiarratas isteach an lá dar gcionn. Dúirt oifig an nuachtáin go nglaofaí chun agallaimh í faoi dheireadh na seachtaine. Cuireadh glaoch uirthi tráthnóna Chéadaoine agus bhí agallamh aici maidin Aoine. Bhí triúr sa seomra nuair a shiúil Iryna isteach. Uachtárán Aontas na Mac Léinn, Pádraigín Ní Ghríofa, an tOllamh le Nua-Ghaeilge san Ollscoil, Proinsias Ó Láthaigh agus bean óg nár aithin sí. Cuireadh cúpla ceist ghinéaralta uirthi, a hainm, a haois, cad iad na hábhair a bhí á ndéanamh aici ar an ollscoil. Ansin, d'fiafraigh an tOllamh Ó Lathaigh di, "cén fáth atá tú ag cur isteach ar an bpost seo?"

"Tá post á lorg agam le trí seachtain anuas ó briseadh isteach i m'árasán agus goideadh an t-airgead a bhí agam don chíos. Roghnaigh mé cur isteach ar an bpost seo thar aon phost eile mar go gceapaim go mbeidh mé go maith chuige. Duine *eagraithe atá ionam, atá go maith in ann labhairt amach agus daoine a chur ar a suaimhneas más gá. Táim i mo chónaí ar an gcampas, rud a chiallaíonn go mbeinn in ann teacht isteach le cabhair bhreise a thabhairt am ar bith a mbeadh gá leis."

"Ceart go leor mar sin," arsa Pádraigín. "An bhfuil a fhios agat cén saghas uaireanta oibre ba mhaith leat a dhéanamh?"

"Bhuel" arsa Iryna "táim measartha *solúbtha ach bhí sé i gceist agam lá iomlán a dhéanamh Dé Céadaoin agus dhá leathlá a dhéanamh maidin Luain agus maidin Aoine, dá n-oirfeadh sé sin daoibh."

"Go raibh maith agat, a Iryna. Feicfimid maidin Luain ar a naoi a chlog tú."

43

"Gabh mo leithscéal," arsa Iryna le hionadh "an gciallaíonn sé seo go bhfuil tú sásta mé a fhostú?"

"Ná bíodh an oiread sin ionaidh ort," arsa an tríú duine go cineálta léi. "Rinne tú agallamh maith, cailín éirimiúil dea-bhéasach atá ionat agus tá géarghá againn le duine éigin. Molaim thú. Le do thoil, bí lasmuigh de m'oifig ar a naoi a chloig maidin Luain agus tabharfaidh mé rud nó dhó le déanamh duit. Is mise Fionnuala Ní Annracháin, eagarthóir an Nuachtáin".

"Beidh mé, is cinnte go mbeidh mé Go raibh míle maith agaibh." Is ar éigean a bhí sí in ann é a chreidiúint. Ar deireadh, i ndiaidh trí seachtaine crua de bheith á lorg, bhí post páirtaimseartha den chéad scoth faighte aici. Bhrostaigh sí abhaile chun an deascéal a insint dá cairde.

Nuair a shiúil sí isteach san árasán, bhí carn mór earraí ar an mbord sa chistin. Ar barr, bhí pas Iryna.

"Fuarthas gach rud, ach amháin an t-airgead sa seomra ag mo dhuine thall in uimhir a naoi. B'eisean a rinne an ghadaíocht," a dúirt Áine.

'Bhuel is cuma liom faoin airgead agus post agam. Is é an pas an rud is tábhachtaí. Táim anois in ann dul abhaile don Nollaig agus fhios agam go gceadófar ar ais in Éirinn mé i ndiaidh mo thréimhse sa bhaile. Tá feabhas ag teacht ar an saol. Caithfidh mé rud amháin eile a dhéanamh anois – mo mhuintir a aimsiú."

Gaillimh

"Táim réidh, táim réidh, tabhair deis dom mo chuid stuif a chur isteach faoin mbus."

"Tabhair do mhála dom, a Iryna, nó ní bhainfimid Gaillimh amach choíche," arsa Máirtín. Thug Iryna an mála dó. "O sábháil mac Dé sinn! Cad atá sa mhála agat? Bricí. In ainm Dé, ní thuigim cén fáth go dtugann mná an oiread sin stuif leo."

"Ní raibh a fhios agam cad a bhí le tabhairt liom. Ní raibh mé i nGaillimh riamh cheana. Ní raibh fhios agam cén saghas aimsire a bheadh againn. Bí ullamh, mar a deir na Gasóga."

Thosaigh Máirtín ag gáire! "A Mháirtín, cheapfá nach raibh tú tar éis do theach a fhágáil riamh cheana. Cad atá cearr leat?" arsa Iryna agus í ag stánadh air.

"Ná bac liomsa. Táim in ann tú a shamhlú i do chinnire Gasóga, ag tabhairt orduithe do gach éinne timpeall ort. Ba chuma iad níos óige nó níos sine ná tú, nó níos láidre ach oiread." Tháinig Sinéad agus Áine chucu agus chuir an tiománaí inneall an bhus ar siúl agus thosaigh uachtarán an chumainn Ghaelaigh ag labhairt ina ard a ghutha, ag iarraidh ar dhaoine suíochán ar an mbus a aimsiú go tapaidh nó go bhfágfaí i mBaile Átha Cliath iad.

Bhí an t-ádh ar Iryna theacht ar shuíochán. Bhí uirthi an triúr eile a fhágáil le suíochán a fháil ach b'fhiú é. Ní fhéadfadh sí fanacht ina seasamh ar feadh trí huaire a chloig ar a céad turas go Gaillimh. Theastaigh uaithi *tírdhreach na hÉireann a fheiceáil agus iad ag taisteal siar trí lár na tíre. Theastaigh uaithi bheith ina haonar ar feadh tamaill chun a cuid smaointe a chur in ord.

Bhí ceist amháin ina haigne. "An dteastaíonn uaim aithne a chur ar mo sheantuismitheoirí? Ba bhréa liom fháil amach cén saghas daoine iad. Táim leath i mo Pholannach agus is Éireannach mé chomh maith. Braithim gur cheart dom mo *phearsantacht Éireannach a scrúdú. Ar an taobh eile, ní theastaíonn uaim m'athair a *mhaslú nó cuimhne mo mháthar ach oiread. Cad é an rud ceart le déanamh? Thuig Daid agus mé ag teacht anseo go raibh seans ann go ndéanfainn iarracht eolas a fháil faoi mhuintir mo mháthar. Chaith mo sheantuisthmitheoirí go hainnis le m'athair. Ní raibh go leor measa acu air le dul go sochraid a n-iníne ach oiread. Is cinnte nach easpa airgid a chuir stop leo, tuigim go raibh siad gortaithe ach... m'athair bocht. Ní bhfuair sé tacaíocht ar bith agus an duine ba thábhachtaí ar domhain leis imithe uaidh, chomh hobann sin agus gan deis aige fiú slán ceart a rá léi. 'Ba í *grá geal a shaoil. Dúirt sé sin arís is arís eile. Ní raibh bean aige ó cailleadh mo mháthair. Má théim le cuairt a thabhairt ar mo sheantuismitheoirí agus eolas agam anois cá bhfuil siad ina gcónaí, conas a mhóthóidh mé? An dteastóidh uaim barróg a bhreith orthu nó iad a bhualadh as ucht an *easpa tacaíochta agus ghrá a léirigh siad do m'athair agus domsa. Is mise cuid dá gclann freisin agus ó fuair mo

46

---

mháthar bás ní dhearna siad aon iarracht teagmháil a dhéanamh liom, cárta Nollag fiú…"

Bhí Iryna chomh tógtha sin lena cuid smaointe nár thug s faoi deara go raibh an bus tar éis stad. "Fáilte go cathair na Gaillimhe," a dúirt an tiománaí. Le bhur dtoil, tógaigí gach rud a mbaineann libh den chóiste. Beidh bus eile in úsáid tráthnóna Dé Domhnaigh le sibh a thabhairt abhaile." Bhí an bus tar éis stad taobh leis an staisiún traenach a bhí in aice leis an lárchearnóg. D'aithin Iryna cuid de na hainmneacha ar na siopaí móra. Bhí siad feictha cheana aici i nBaile Átha Cliath "Mothaím gur deireadh seachtaine iontach atá romhainn," arsa sí léi féin.

Threoraigh Sinéad go dtí an brú óige iad. Bhí Sinéad, Áine, Iryna agus Máirtín in aon seomra amháin, in éineacht le hochtar eile ón gcéad bhliain a bhí ag déanamh staidéir ar an nGaeilge. "Sárdheireadh seachtaine a bheidh ann," arsa Sinéad le héinne a d'éistfeadh léi, agus í á caitheamh féin ar leaba sa chúinne. Bheartaigh Iryna an leaba os cionn Shinéid a ghlacadh. "Is fiú fanacht cóngarach do cheannaire an turais," a cheap sí. Leathuair níos déanaí bhí gach éinne bailithe arís lasmuigh den bhrú óige. Bhí trí huaire a chloig acu le hithe agus siopadóireacht a dhéanamh. Bhí siad le bualadh le chéile arís ag príomhdhoras Ollscoil na hÉireann, Gaillimh ar a cúig. Nuair a bhí na *treoracha tugtha aici d'imigh Sinéad. Bhí uirthi "cúrsaí taistil" a eagrú don chéad lá eile.

"An bhfuil a fhios agaibh cá bhfuil ollscoil na hÉireann, Gaillimh?" arsa Iryna leis an mbeirt eile.

"Tá cinnte," arsa Áine, "bhíos ann cheana."

*treoracha *instructions*

"Tiocfaimid air gan stró," arsa Máirtín. "Más *buan mo chuimhne tá sé cóngarach don fharraige. Má tá deacracht againn, cuirfimid ceist ar dhuine de mhuintir na háite, ceart go leor? Cad ba mhaith libh a dhéanamh anois?"

"Tá ocras an domhain orm," arsa Áine, "ní raibh deis agam greim bia a fháil ar maidin." Bhí béile acu i mbialann bheag gar don chearnóg, ansin rinne siad spaisteoireacht timpeall na cathrach. Thaitin an chathair go mór le hIryna. Ba thapaidh a shleamhnaigh an t-am uathu. Bhain siad Ollscoil na hÉireann, Gaillimh amach gan dua. Bhí siad cúig nóiméad luath. Chnag Máirtín ar an doras. D'oscail duine den fhoireann an doras agus tugadh go dtí an halla ina mbeadh an díospóireacht idir Ollscoil na Gaillimhe agus Ollscoil Bhaile Átha Cliath ar siúl. Bhí *soláistí agus céilí sa halla ina dhiaidh agus nuair a bhí an céilí thart bheartaigh na micléinn dul go club oíche.

Bhí Iryna agus Máirtín ag siúl i dteannta a chéile. Bhí an chuid eile den ghrúpa imithe ar aghaidh. "Cheap mé go raibh eolas na slí agat," arsa Iryna. Bhí sí tuirseach faoin am sin, agus bhí an *cantal le cloisteáil ina guth.

"Tá eolas na slí ag Sinéad agus bhí sise agus an slua á leanúint agam nuair a chuir tú brú orm stopadh ionas go bhféadfá uachtar reoite a cheannach. Chaill mé *radharc orthu ansin, ach nach cuma, nach deise go mór an radharc atá os ár gcomhair amach. Suímis síos ar feadh tamaill."

Agus í ina suí ina theannta ar an mballa, ag breathnú ar chuan na Gaillimhe ina dtimpeall smaoinigh Iryna – "Bheadh an áit seo iontach románsúil muna mbéinn ag reo leis an bhfuacht agus mo bhróga ag déanamh tinnis

---

*más buan mo chuimhne *if my memory is good*

*soláistí *refreshments*
*cantal *annoyance*

dom. Is trua go ndearna mé an oiread sin damhsa. Ar an lámh eile, bhain mé an-taitneamh as. B'fhéidir go bhféadfainn freastal ar ranganna damhsa Gaelaigh nuair a fhillfimid ar Bhaile Átha Cliath. Bheadh níos mó craic ann dá mbeadh duine nó beirt i mo theannta. B'fhéidir go mbeadh Máirtín sásta freastal ar ranganna rince liom amach anseo!"

Cúig nóiméad níos déanaí, bhí Iryna ina suí ar stól ard, taobh leis an mbéar sa chlub oíche. "Á, seo é an saol," arsa Iryna léi féin agus aoibh níos fearr uirthi. Agus an deoch ólta aici, d'fhill sí ar na cairde. Bhí *ceol na n-ochtóidí á sheinm an oíche sin. D'aithin Iryna cuid de na hamhráin. Bhí siad ag a athair ón uair a bhí sé i mBaile Átha Cliath. Cuireadh an *ruaig orthu ar a leathuair tar éis a dó. "Le bhur dtoil, a dhaoine uaisle," arsa úinéir an chlub arís is arís eile "ar mhiste libh bhur gcótaí a bhailiú, bhur ndeochanna a chríochnú agus dul i dtreo an dorais, le bhur dtoil, a dhaoine uaisle."

Chuaigh siad ar ais go dtí an brú óige. Sula ndeachaigh Iryna a chodladh, cheistigh sí Sinéad faoi phleananna an lae dar gcionn. Dúirt Sinéad nach raibh aon phleananna cinnte déanta aici don mhaidin.

"Tuigeann tú féin, dá n-iarrfainn orthu éirí ón leaba go luath le dul ar thuras lae, bheadh gach éinne ar buile liom, ach beidh turas bus againn tar éis lóin."

"Tuigim, ceart go leor mar sin. Seans an-mhaith go rachaidh mé amach maidin amárach ar feadh tamaillín liom féin. Ní gá duit a bheith buartha fúm, beidh mé ar ais anseo ar a dó le himeacht ar an turas libh, *geallaim duit," arsa Iryna.

---

*radharc *sight*
*ceol na nochtóidí *the music of the eighties*

*cuireadh an ruaig orthu *they were chased*
*geallaim duit *I promise you*

"Déan cinnte go mbeidh tú, nó imeoimid gan tú."

D'éirigh Iryna ar a naoi agus ghluais sí go han-chiúin i dtreo an dorais. Chuir sí a bróga uirthi agus í ina suí ar an staighre lasmuigh den seomra. Bhí gach rud a bhí de dhíth uirthi aici – fón póca, spáran, an seoladh agus an léarscáil.

"Beidh orm brostú nó ní bhainfidh mé an bus amach," arsa Iryna agus í ag rith ón mbrú óige.

Thrasnaigh sí cearnóg na cathrach go stad an bhus agus léim sí ar bhus uimhir a cúig, a bhí ar tí imeacht. D'iarr sí ar an tiománaí a chur in iúl di nuair a bheadh Cnoc na Coiribe sroichte acu. Turas fiche nóiméid a bhí ann agus ní rabh i bhfad le siúl aici gur tháinig sí chuig geata an tí a bhí márcáilte aici ar an léarscáil. Bhí cosán ag dul suas go dtí an doras.*Mhairseáil Iryna go tapaidh i dtreo doras an tí. Bhí eagla uirthi go *dteipfeadh ar a misneach, dá stopfadh sí. Bhuail sí cnag ar an doras agus sula raibh an dara deis aici cnagadh arís d'oscail sé. Tháinig bean réasúnta óg amach as an teach. Bhí an chosúlacht uirthi go raibh sí faoi dheifir.

"Gabh mo leithscéal, le do thoil, ar mhiste leat má chuirim ceist ort," arsa Iryna. "An bhfeadfá a rá liom an bhfuil John agus Veronica Ó Murchú ina gcónaí sa teach seo?" arsa Iryna.

Ní raibh an bhean óg ag súil leis an gceist sin. "Níl. Is le John Ó Murchú an teach seo ach níl sé ina chónaí ann le fada. Níor bhuail mé lena bhean riamh. B'fhéidir gurb é Veronica an t-ainm atá uirthi."

"Tá mé ag lorg muintir mo mháthar agus seo an t-aon nod a bhí agam," a dúirt Iryna.

*mháirseáil sí *she marched*
*go dteipfeadh ar a misneach
 that her courage would fail her

Chonaic an bhean an díomá ar a haghaidh. "Tar isteach," a dúirt sí.

Shuigh siad sa chistin. Chuala Iryna an bhean ag cur glaoch ar a hionad oibre a rá leo go raibh uirthi dul go dtí an dochtúir agus go mbeadh sí istigh níos déanaí. "An bhfuil cupan tae uait? Seans go gcuirfidh sé ar do shuaimhneas tú?"

"An-seans gur chaith mo mháthair seal sa teach seo," arsa Iryna. Chaith an bhean cúig nóiméad ag *rannsú i dtarraiceán. "A há," ar sise, "cuirim an cíos isteach i gcuntas bainc Uí Mhurchú gach mí. Ní gá dul i dteagmháil leis go *hiondúil, ach seo uimhir a fhón póca i gcás éigeandála. Níor bhain mé leas as riamh ach d'fhéadfainn é a thabhairt duit más mian leat."

"Bheadh sé sin go hiontach. Seachas sin, ní éireoidh liom aithne a chur ar mhuintir mo mháthar choíche," arsa Iryna leis an mbean óg. Bhí a haghaidh lasta le háthas, ba shoiléir don dall go raibh an t-eolas seo iontach tábhachtach di.

"Tabharfaidh mé an uimhir seo duit ar an gcoinníoll, agus táim lándáiríre faoi seo, nuair a fhiafróidh sé cá bhfuair tú an uimhir seo, nach ndéarfaidh tú go raibh aon bhaint agamsa leis. Bheinn gan dídean dá gceapfadh sé go raibh mé ag roinnt a *shonraí pearsanta le cách," arsa an bhean óg.

"Tuigim, tuigim sin," arsa Iryna. "Cuirfidh mé glaoch air ach geallaim duit nach ndéarfaidh mé leis cá bhfuair mé an uimhir."

Bhreathnaigh Iryna ar a huaireadóir agus d'éirigh sí ina seasamh. "Ba cheart dom imeacht. Beidh mo chairde mo

51

---

*ag rannsú *rummaging*   *sonraí pearsanta *personal details*
*go hiondúil *usually*

lorg. Táim fíorbhuíoch duit as ucht do chúnaimh go léir."

"Tá fáilte romhat, cinnte. Faraor, caithfidh mé dul ag obair," arsa an bhean óg. "Táim déanach cheana féin. Beidh mo bhainisteoir crosta go maith. Guím gach rath ort. Tá súil agam go n-éireoidh leat theacht ar do mhuintir."

Agus í ag siúl ar ais go stad an bhus rinne Iryna cinneadh glaoch a chur ar a seanathair, John, chomh luath is a bheadh sí socair i mBaile Átha Cliath arís. Mhair an dearcadh dearfach sin ar an turas ar fad ar ais go lár na cathrach. Léim sí den bhus agus bhí sí ag oifig fháilte an bhrú ag 1.45 – cúig nóiméad déag luath. "Ar bhuaigh tú duais sa chrannchor?" arsa Áine nuair a chonaic sí an aghaidh shona shásta a bhí uirthi.

Clann

Bhí an Dr Bríd Uí Chatháin i mbun an léachta deiridh den chúrsa ar an nuafhilíocht. D'éist Iryna go cúramach léi. Theastaigh uaithi Gaeilge mar sin a bheith aici. Ní raibh focal riamh de dhíth uirthi agus bhí blas ar a cuid cainte. Thaitin sí leis na mic léinn don chuid is mó toisc an *cur i láthair a bhí aici – soiléir, símplí, gan aon *deacrachtaí tuisceana in aon chor. Nuair a chríochnaigh an léacht, rith Iryna go bun an halla agus labhair sí le Bríd. "Ba mhaith liom buíochas a ghabháil leat as ucht do chuid léachtaí ar an nuafhilíocht. Thaitin siad go mór liom. Bhí an cúrsa iontach suimiúil. *Braithfidh mé uaim na seisiúin seo gach seachtain."

"Go raibh maith agat. Tá áthas orm gur thaitin an tsraith léachtaí leat." Ní raibh aithne phearsanta ag Bríd ar aon duine de na mic léinn a bhí sna léachtaí aici sa chéad bhliain. Ach ba é seo an dara huair aici labhairt le hIryna an bhliain sin agus bhí rud éigin ag baint léi a d'aithin sí ó áit éigin eile. Cailín dathúil a bhí in Iryna agus í ard agus caol le gruaig fhada, fhionn. Mar sin féin, ní fhéadfadh sí a lámh a leagan ar cad go díreach a bhí ann. Bean réasunta ard a bhí i mBríd chomh maith. Is í an tuin cainte, thar aon rud eile, a mhúscail a spéis inti. Ní raibh Gaeilge á labhairt ag an gcailín seo le tuin na hÉireann. Bhí tuairim aici gur Gearmánach a bhí inti. Ní raibh sí cinnte agus cé

53

go raibh fonn uirthi ceist a chur, bheartaigh sí gan sin a dhéanamh. Níor cheart go mbeadh léachtóirí ag lorg eolais ó mhic léinn, a chreid sí.

"Beidh aiste litríochta agam duit amárach agus tá súil agam cúrsa de do chuidse a roghnú sa dara bliain,"a dúirt Iryna chun an bhearna a líonadh. Thuig sí go raibh Bríd ag stánadh uirthi.

"Tá sé sin ar fheabhas; bain taitneamh as an sos ag deireadh an téarma." Le sin, bhailigh Bríd a páipéir le chéile agus shiúil sí chuig doras na léachtlainne.

Bhí an aiste geall a bheith críochnaithe ag Iryna. Bhí sí tar éis filíocht Uí Mhuirthile a chíoradh go mion agus ní raibh le déanamh aici anois ach na profaí a léamh. "Cad é do mheas?" arsa Iryna le hÁine agus iad ina suí ar an tolg san árasán.

"Tá sé deich n-uaire níos *cuimsithí ná an ceann atá scríofa agamsa," arsa Áine. 'Is léir gur bhain tú i bhfad níos mó ón gcúrsa, ná mise. Ní dóigh liom go bhfuil Sinéad fiú leathbhealach réidh agus is é an lá amárach an *spriocdháta leis an aiste a thabhairt isteach."

"Is dócha go bhfuil an saol sóisialta níos tábhachtaí di," arsa Iryna.

Bhí Iryna an-sásta go raibh an aiste as an mbealach. Theastaigh uaithi díriú anois ar theacht ar a seantuismtheoirí. Bhí an uimhir fóin aici dá seanathair agus bheadh uirthi glaoch air am éigin go luath. Bheartaigh sí an glaoch seachtainiúil a chur ar a hathair, féachaint conas mar a bhí sé.

*níos cuimsithí *more comprehensive*   *spriocdháta *deadline*

"A Iryna, a ghrá, conas atá tú?" arsa Peter ar an líne sa Pholainn.

"Maith go leor. Beidh an-áthas ort a chloisteáil go bhfuil an aiste mhór sin réidh agam. Tá mé chun é a chur isteach amárach agus beidh an léacht dheireanach roimh an Nollaig agam san ollscoil amárach chomh maith. Is tapaidh mar a shleamhnaigh an téarma thart. Conas atá agat féin? Conas atá Daideo, an bhfuil aon nuacht agat dom?"

"A Iryna, a chroí, tá do sheanathair fós mar atá agus cé go bhfuil biseach iomlán tagtha air ó thaobh coirp de, níl ag éirí chomh maith sin leis ó thaobh na *meabhrach de. Tá sé deacair air uaireanta, a dhéanamh amach cá bhfuil sé agus cad ba cheart a bheith ar siúl aige. Cé go n-aithníonn sé m'aghaidh, ní aithníonn sé aghaidh aon duine eile timpeall orainn a thuilleadh. Deir na dochtúirí liom go raibh tamall beag ann – fiche nóiméad nó mar sin aige – nuair a d'fhág an *taom croí é gan ocsaigin agus gur chuir sé sin isteach ar a mheabhair chinn. Ná bíodh ionadh ort nuair a fhillfidh tú abhaile don Nollaig má bhíonn deacrachtaí aige tú a aithint nó labhairt leat."

"Níor thuig mé gur mar sin a bhí sé. Ar cheart dom filleadh níos luaithe ná mar a bhí beartaithe?" arsa Iryna.

"Ná déan sin," arsa Peter. 'Ní dúirt mé aon rud leat roimhe seo toisc nár theastaigh uaim aon bhrú a chur ort. Is deacair aire a thabhairt dó agus do chúrsaí na scoile ag an am céanna ach tá mé ag teacht ar bhealaí timpeall air. Tá an fhoireann anseo sa scoil an-chabhrach dom agus táim ag déanamh níos lú oibre chun go mbeidh mé in ann aire a thabhairt do Dhaideo. Críochnaigh do théarma in

*meabhair *mind, memory*
*taom croí *heart attack*

Éirinn agus fill abhaile chugainn ag an Nollaig. Conas atá na cairde nua agat? Áine, Sinéad agus an buachaill sin? An bhfuil ag éirí chomh maith libh is a bhí?"

"Tá, a Dhaid, go cinnte. Bhí am iontach againn ar an turas go Gaillimh an tseachtain seo caite. Daoine fíordheasa atá iontu." Nuair a luaigh Iryna cathair na Gaillimhe, smaoinigh Peter ar mháthair Iryna, a bhean chéile, agus an *nasc a bhí ag a muintir leis an taobh sin tíre.

"Conas mar a thaitin sé leat mar chathair?" a d'fhiafraigh sé di.

"Go mór. Bhí an-spraoi againn agus bíonn níos mó Gaeilge á labhairt ann ná mar a bhíonn i mBaile Átha Cliath, creidim."

Smaoinigh Iryna gur cheart di insint dá hathair faoi na *fiosraithe a rinne sí faoi mhuintir a máthar agus lean sí ar aghaidh go drogallach, "a Dhaid, tá rud éigin ar m'intinn agus tá sé ag déanamh tinnis dom mar tá mé buartha go gcuirfidh sé isteach ort."

"Ná ceap sin. Táim cinnte nach bhfuil aon rud as riocht. Inis dom cad atá i gceist agat."

"Bhuel, a Dhaid, táim tar éis tosú ar fhiosrú a dhéanamh faoi mo sheantuismitheoirí ach ní ghá duit a bheith buartha."

"Bhí a fhios agam go dtarlódh sé seo. Ní féidir liomsa a rá nach bhfuil sé pianmhar a bheith ag smaoineamh faoinar tharla. Tá an ceart agatsa mar dhuine fásta do sheantuismitheoirí a lorg más mian leat. Ní drochdhaoine a bhí iontu. *Réitigh mé go maith leo nuair a bhí mé in Éirinn. Cuireann sé iontas orm go dtí an lá atá inniu ann nach ndearna siad teagmháil liom tar éis bás do mháthar.

---

*nasc *link* *réitigh mé leo *I got on with them*

*fiosraithe *enquiries*

*Goilleann sé sin orm. Bheadh orm a *admháil nach bhfuil mórán d'fhonn cainte orm leo dá bharr. Ach, agus é sin ráite, ba cheart duit do rogha rud a dhéanamh. Níor mhaith liom go ngortóidís tú, má éiríonn leat teacht orthu."

"D'éirigh liom teacht ar an áit a raibh siad ina gcónaí ann na blianta ó shin, i gCnoc na Coiribe in aice le cathair na Gaillimhe."

"Is cuimhin liom an áit', arsa Peter, 'bhí mé ann cúpla uair. *Theith do mháthair ón áit nuair a bhí sí ocht mbliana déag d'aois. Cheap sí go raibh sé ró-iarghúlta mar áit. Thaitin Baile Átha Cliath níos fearr léi. Chreid sí agus í ar an ollscoil gurbh é Baile Átha Cliath an séú Gaeltacht in Éirinn agus an ceann a ndearnadh dearmad de go minic. Ar bhealach, bhí an-iontas orm gur dheonaigh sí theacht liom chun na Polainne agus scoil teangacha a bhunú ann bhí an oiread sin de bhá aici le Baile Átha Cliath. Is i mBaile Átha Cliath a pósadh muid. Ar bhain tú Cnoc na Coiribe amach tú féin?"

"Bhain, a Dhaid. Níor theastaigh uaim cur isteach ortsa. Bheartaigh mé gur gá dom é seo a dhéanamh, as mo stuaim féin agus dom féin. Tuigim go bhfuil sé deacair ort, a Dhaid, ach tá an oiread céanna grá agam duit, do Dhaideo agus don Pholainn is a bhí riamh. Níl sé i gceist agam mo shaol a chaitheamh anseo. Is é *m'uaillmhian cuidiú leat an scoil a *reachtáil i gceart agus a neartú. Ach bhí orm an chéim seo a dhéanamh agus chun an duine atá ionam a thuiscint, ní mór dom an tír agus an teanga a thuiscint os amhlaidh nach bhfuil mo mháthair anseo chun gach rud a mhíniú dom."

*goilleann sé sin orm *that upsets me*   *theith sí *she fled*
*admháil *admit*   *uaillmhian *ambition*
     *a reachtáil *to run*

"Tá an ceart ar fad agat, a Iryna. Ar aimsigh tú John agus Veronica i gCnoc na Coiribe dála an scéil?"

Bhí Iryna tar éis dearmad a dhéanamh an scéal a chríochnú. "Bhuel, a Dhaid, is leo an teach go fóill ach níl siad ann."

"Is aisteach an ní é sin, a pheata, caithfidh mé a rá. Bhí *an-dúil acu san áit. Cuireann sé iontas orm nach bhfuil John Ó Murchú fós ann."

"Thug bean an tí uimhir fhón póca dom. Bhí leisce orm é a úsáid go dtí go raibh an aiste sin as an mbealach agus go raibh mé tar éis labhairt leatsa," a mhínigh Iryna.

"Ná ceap go bhfuil aon fhadhb le sin in aon chor. Coimeád ar an eolas mé faoi conas mar atá ag éirí leat de réir mar a chuireann tú aithne orthu." arsa Peter.

*an-dúil *fondness*

Caibidil a deich

Athair agus Iníon

An chéad rud an mhaidin dar gcionn ghlaoigh Iryna ar uimhir fóin Uí Mhurchú.

"Dia duit, an é sin John?"

"Is é," a d'fhreagair fear de ghuth íseal agus é ag déanamh iontais den tuin Ghaeilge a bhí ag an duine a bhí ag glaoch air.

"Níl mé go hiomlán cinnte cén tslí ab fhearr tús a chur leis an gcomhrá seo. Fuair iníon leat bás roinnt blianta ó shin. Iryna is ainm dom agus ceapaim gur mise do ghariníon." Bhí tost ar an bhfón. "Tá brón orm theacht ort mar seo." Lean sí ar aghaidh. "Theastaigh uaim a chur in iúl duit go bhfuil mé sa tír agus mé i mo mhac léinn ollscoile."

"Caithfidh mé a rá leat nach bhfuil a fhios agam cé tú féin," arsa John, "Conas ar tháinig tú ar an smaoineamh gur tusa mo ghariníon?"

"Tháinig me chun na tíre chun freastal ar an ollscoil, Ollscoil Bhaile Átha Cliath. Thosaigh mé ag fiosrú i nGaillimh mar shíl mé gur ann a bhí tú féin agus do bhean chéile i bhur gcónaí. Níor theastaigh uaim fearg nó *aighneas a chruthú. Nílim cinnte an bhfuil an *cinneadh ceart déanta agam, ach níor mhiste liom bualadh leat féin agus aithne níos fearr a chur ort agus ar do bhean."

*aighneas *conflict*
*cinneadh *decision*

"Beidh mé sásta bualadh leat uair amháin – is é sin an méid. Beidh a fhios agam ansin an bhfuil gaol agat liom nó nach bhfuil," arsa John.

"Táim saor inniu ag a dó a chlog," arsa Iryna. "An mbeifeá sásta bualadh liom ag príomhgheataí Fhaiche Stiabhna i lár na cathrach, ag glacadh leis gur i mBaile Átha Cliath atá tú."

"Buailfidh mé ansin leat," a dúirt John mar fhreagra.

Tháinig Iryna isteach sa seomra suite agus í ar bís. "A Áine, a Shinéid, ceapaim go bhfuil mo sheanathair aimsithe agam."

"Tá sé sin thar barr – cathain a mbuailfidh tú leis?" arsa Áine.

"Lár na cathrach ar a dó; an mbeidh tú in ann m'aiste a chur isteach sa bhosca dom."

"Cinnte, a Iryna."

Chuir sí teachtaireacht ar an bhfón póca go huimhir a hathar chun a rá leis go ndearna sí teagmháil le John. Thug Máirtín isteach go lár na cathrach í. Chuir sé *gliondar ar Mháirtín go raibh an deis aige cuidiú le Iryna. Nuair a shroich siad geata na páirce, bhí cuid mhór de lucht na cathrach amuigh ag siúl i ndiaidh lóin. Bheartaigh Máirtín fanacht léi chun a bheith mar thaca di. Ba mhór di an tacaíocht arís uaidh. Bhí John tar éis a ghluaisteán a pháirceáil agus shiúil sé timpeall ar Fhaiche Stiabhna agus plean aige Iryna a mheas. Ní raibh sé sásta bualadh léi é féin ag an am sin.

D'fhan Iryna agus Máirtín ar feadh uair an chloig ag geata Fhaiche Stiabhna. Ghlaoigh sí faoi thrí ar John agus

*chuir sé gliondar air *he was delighted*

d'fhag sí roinnt teachtaireachtaí dó. Ní raibh aon fhreagra. Shuigh John go ciúin ar shuíochán gar don gheata ag féachaint orthu.

"A Mhairtín, cad a tharla? Cén fáth nár tháinig sé?" arsa Iryna.

"B'fhéidir nach bhfuil sé réidh go fóill. Caithfimid a bheith foighneach. Seans go mbeidh sé níos sásta bualadh leat i ndiaidh seachtaine. Fág cúpla lá anois é."

"Seans go bhfuil an ceart agat,'" arsa Iryna. Táim fíorbhuíoch as ucht gach rud a rinne tú dom inniu. Sárchara atá ionat." Bhraith sí níos cóngaraí dó ná d'aon duine eile in Éirinn. Shiúil siad ar ais go dtí an carr agus d'fhill siad ar an ollscoil. Bhuail siad le hÁine agus Sinéad os comhair an bhloic ealaíona. Ba léir dóíbh go raibh díomá mhór ar Iryna.

Rinne John a bhealach chun na hollscoile freisin agus rinne roinnt fiosraithe san oifig cláraithe. Bhí sé cinnte anois gurbh í an cailín sin iníon a iníne, cé gur dheacair dó é a chreidiúint. Bhí sé in am dó anois gluaiseacht trasna na cathrach. Thog sé tamall fada air an teach i dtuaisceart na cathrach a bhaint amach mar ag an am seo den tráthnóna bhí brú mór tráchta ann. Bhuail sé cnag ar an doras agus d'oscail bean é.

"Beannacht Dé ort, a Dhaid, conas mar atá cúrsaí?"

"Go maith, go raibh maith agat, a Bhríd." Bhí an Dr Bríd Uí Chatháin ina seasamh ag an doras agus í ag tabhairt comhartha dó lena lámha theacht isteach.

"Ní raibh súil agam leat, a Dhaid," arsa Bríd. "An mbeidh beagán de dhinnéar agat?"

"Ní bheidh go raibh maith agat." Caithfidh mé labhairt leat go práinneach. Buail fút, a Bhríd," arsa John. "Baineann sé seo, a stór, leis an ábhar amháin sin nach nós linn a phlé."

"Cén fáth go luann tú anois é?" arsa Bríd. Is fada an lá ó smaoiníomar ar sin agus ar na himpleachtaí a bhain leis an dá chinneadh a rinne mé ag an am. Le bheith borb faoi, a Dhaid, ní theastaíonn uaim filleadh ar an gcuid sin de mo shaol, a chroí."

"B'fhéidir nach mbeidh an dara rogha agat ach filleadh ar an gcuid sin de do shaol, a chroí,"

Shuigh Bríd ar an tolg agus thosaigh John arís. "Fuair mé glaoch gan choinne ar mo ghuthán ar maidin ó chailín a bhí ag lorg a seanathar. Bhain sé geit mhór asam. Cheap mé ar feadh tamaill gur *cleasaíocht de chineál éigin a bhí ann. Ach níorbh fhada go raibh mé cinnte nár chleasaíocht a bhí ann in aon chor. Luaigh sí go raibh sí ag iarraidh bualadh liom agus cé nár éirigh liom a dhéanamh amach cá bhfuair sí m'uimhir, dúirt sí gur mhac léinn í, a bhí sa tír le tamall agus gur ag déanamh taighde faoina seantuismitheoirí a bhí sí. D'iarr sí orm bualadh léi ar a dó a chlog i lár na cathrach. Chuaigh mé go dtí an áit a dúirt sí agus chonaic mé í agus cara ach níor chuir mé mé féin in aithne di agus nuair a ghlac sí leis nach raibh mé ag teacht, d'imigh siad. Chuaigh mé féin ansin go dtí an ollscoil agus d'éirigh liom a fháil amach gurb í siúd í – ár nIryna bheag – agus gur mac léinn de chuid na hollscoile agatsa atá inti."

Ní raibh focal ó Bhríd. Bhí iontas chomh mór sin uirthi faoin méid a bhí ráite ag a hathair nár fhéad sí focal a rá.

*cleasaíocht *trickery*

Iryna bheag. Bh sé chomh fada sin ó chonaic sí í, chomh fada sin ó rinne sí an cinneadh sin ise agus a hathair, Peter, a fhágáil. Bhí a haigne ag rásaíocht. Nuair a tháinig sí chuici féin beagáinín, thosaigh sí á cheistiú. "Cén chuma atá uirthi, a Dhaid, cén tuin chainte atá aici? An bhfuil cuma shona uirthi?"

"Moilligh, a chroí. Tá a fhios agam go bhfuil deacracht agat *déileáil le seo i gceart ach ní bheidh muid in ann deileáil leis muna mbíonn muid praiticiúil faoi," arsa John. "Bhí cuma shona, ghealgháireach, iontach dathúil, uirthi, cosúil lena máthair agus bhí cara léi." arsa John. "Mhúscail sí a lán cuimhní ionam. Tú fein, an páiste óg, Eithne, an tinneas agus Peter bocht sa Pholainn, gan fírinne an scéil aige."

Smaoinigh Bríd siar ar léacht an lae inné agus ar an gcailín a labhair léi tar éis an léachta. "Tá tuairim agam go bhfuil an scéal níos measa ná sin, a Dhaid," arsa Bríd agus buairt ina guth.

"Cad atá i gceist agat, a stór?"

"Fan nóiméad, go rachaidh mé suas staighre agus go gcinnteóidh mé an smaoineamh atá agam. Táim beagnach cinnte go bhfuil cailín Polannach in ainm is a bheith sa chéad bhliain Gaeilge, agus go bhfuil sí sa ghrúpa atá ag freastal ar na léachtaí ar an nuafhilíocht," a dúirt sí agus í ag crith.

Rith sí suas staighre, agus leag sí lámh ar a ríomhaire glúine. Nuair a chuir sí liosta na chéad bhliana Ghaeilge in airde ar an scáileán, chinntigh a bhfaca sí air – go raibh saol Bhríd athraithe go deo; trí cheathrú den tslí síos an

---

*deileáil le *deal with*

63

liosta, ag stánadh amach orthu beirt, bhí an t-ainm, IRYNA MYKOVSKI.

"Tá sí ann, m'iníon – an cailín is ansa liom ar domhain – an leanbh a d'fhág mé i mo dhiaidh sa Pholainn. Ó a Dhaid, cad is féidir liom a dhéanamh anois?" a dúirt Bríd sular phléasc sí amach ag gol. Rug a hathair barróg mhór uirthi agus rinne iarracht í a shuaimhniú. "Conas is féidir liom seo a chur in iúl di. Caithfidh mé tamall a bheith agam chun an t-eolas seo a shocrú i m'aigne," arsa Bríd go faiteach. Thuig siad beirt nach mar an gcéanna a bheadh cúrsaí clainne as sin amach.

Máthair

Bhuail Iryna cnag ar dhoras oifig ollscoile An Dr Uí Chatháin. D'oscail Bríd an doras. "Tá brón orm cur isteach ort. An féidir liom labhairt leat ar feadh soicind?"

"Tar isteach. Iryna, nach ea? Táim lán sásta cabhrú le haon mhac léinn atá cróga go leor cúnamh a lorg. Cad tá uait?"

"Sea, Iryna is ainm dom. Is í an fhadhb atá agam ná go bhfuil mé tar éis m'aiste teangan a chríochnú agus a thabhairt isteach ach tá mé buartha go bhfuilim tar éis *praiseach a dhéanamh de. Tá do chomhairle á lorg agam? An teideal a tugadh dúinn ná "cé mé féin?" Chaith mé formhór m'aiste ag iarraidh cur síos ar m'aistear le mo ghaolta is m'áit dúchais a aimsiú. Cé go bhfuil an dá rud ceangailte lena chéile, níl siad díreach cosúil. Táim chomh buartha sin faoi nach bhfuilim in ann codladh i gceart."

Cé go raibh an aiste teanga ag déanamh tinnis di, bhí Iryna níos buartha nach raibh sí in ann aon teagmháil a dhéanamh le John Ó Murchú. Níor tháinig sé an lá sin agus níor fhreagair sé a ghuthán ó shin ach oiread. É sin is mó a bhí ag teacht idir í agus codladh na hoíche mar chaith sí cuid mhór den oíche ag iarraidh a mhíniú di féin cén fáth nach raibh fonn ar a seanathair bualadh léi.

"A Iryna, ó mo thaithí féin is fearr scríobh ón gcroí. Scríobh faoi rudaí a bhfuil aithne agus eolas agat orthu.

*praiseach a dhéanamh *to make a mess*

65

Déan cinnte go n-úsaideann tú réimse mhaith focal agus bain leas as struchtúir ghramadaí éagsúla. Agus an méid sin déanta agat, is cuma i ndáiríre má bhíonn tú ag cloí go docht leis an teideal nó nach mbíonn. Is aiste iontach leathan í an ceann seo ionas gur féidir le roinnt mic léinn a gcuid samhlaíochta a úsáid muna mbíonn mórán le rá acu faoin futhu féin. Is rud eile ar fad é aiste *chuimsitheach eolach a scríobh ar ábhar faoi leith, mar shampla: giota filíochta, píosa próis no a leithéid. Aon cheist eile?" arsa Bríd agus í ag iarraidh Iryna a chur ar a suaimhneas.

"Níl ag an bpointe seo, go raibh míle maith agat!" arsa Iryna agus í ag oscailt an dorais ag an am céanna. D'imigh sí léi agus ghlaoigh Bríd ina diaidh, "Tar ar ais má tá fadhb ar bith agat. Tá mo dhoras i gcónaí ar oscailt duit."

Lig Bríd *osna chomh luath is a dhún Iryna an doras taobh thiar di. Bhí gach rud tar éis theacht chun cinn anois agus Iryna ag lorg cabhrach leis an aiste. Le trí lá anuas, bhí Bríd gafa leis an eolas a thug a hathair di, an t-eolas go raibh Iryna, a hiníon féin, in Éirinn, ag lorg a muintire agus *i ngan fhios di, í mar mhac léinn aici san ollscoil. Bhí súil aici go m'bfhéidir go mbeadh sí in ann í *a sheachaint, an fhadhb a sheachaint. Rith sé léi ag pointe amháin go mba cheart di teagmháil a dhéanamh le Peter sa Pholainn. Bheartaigh sí gan é sin a dhéanamh. Ní raibh an neart sin inti.

"Cad a dhéanfaidh mé? Ní chreidim go bhfuil breis is cúig bliana déag imithe ó d'fhág mé iad agus ní dúirt mé le héinne lasmuigh den chlann riamh é. Níor inis mé do m'fhear céile fiú. Déarfainn gur tháinig an *rún sin eadrainn agus gurb shin an fáth gur scaramar óna chéile.

66

Caithfidh mé teacht ar phlean go tapaidh!"

An lá dar gcionn, bhí Iryna ina suí lasmuigh d'oifig an Dochtúír Uí Chathain, nuair a tháinig Bríd isteach. Rinne Bríd iarracht miongháire a chur ar a béal agus dúirt, "A Iryna, iontach tú a fheiceáil arís. Cad tá cearr an uair seo?"

"Dia is Muire duit, a Dhochtúir Uí Cathain, tá súil agam nach bhfuil mé ag cur isteach ort. Bhí ceist eile agam faoin Ghaeilge sa dara bliain. Caithfidh mé cinneadh a dhéanamh roimh an Aoine faoi na hábhair a dhéanfaidh mé an bhliain seo chugainn; an dóigh leat go bhfuil mo chuid Gaeilge maith go leor le nach dteipfinn sa triú bliain? Agus an bhféadfá ainm agus sonraí teagmhála a thabhairt dom faoi chúrsa samhraidh a bhfhéadfainn freastal air le snás a chur ar mo Ghaeilge, i nGaeltacht Chonamara, más féidir?"

"An-phlean, a Iryna. Ceapaim go bhfuil do Ghaeilge go han-mhaith ach is feidir i gcónaí foghlaim. Níl deireadh leis an dul chun cinn is féidir a dhéanamh agus tú ag foghlaim teanga. Gheobhaidh mé bileog duit. Bí ar do chompórd, beidh mé ar ais i gceann cúpla nóiméad."

Nuair a d'fhill Bríd, ar an oifig thug Iryna faoi deara go raibh crith ina lámh. "A Iryna, táim beagainín scaipthe inniu. Seo duit na bileoga. Anois caithfidh mé suí agus cúpla rud a roinnt leat."

Bhí ciúnas iomlán sa seomra. Smaoinigh Iryna go raibh sí tar éis teip a fháil sa scrúdú Gaeilge agus go raibh an leachtóir chun sin a rá léi. Bhi lámha Bhríde ag crith go fóill agus bhí crith ina guth.

"Iryna, níl a fhios agam conas é seo a rá… an fhadhb ná,

nílim in ann leithscéal ná cúis a thabhairt ar cén fáth gur tharla sé, ach is dócha go bhféadfaí a rá go raibh mé óg, scanraithe agus go raibh eagla an domhain orm."

Bhí Iryna ina suí ar imeall an tsuíocháin. Níor thuig sí cén fáth go raibh an Dochtúir Uí Chathain ag insint an scéil seo di ach, ba dheas an deis aithne níos fearr a chur ar an mbean phroifisiúnta seo. Bhí an-mheas ag Iryna ar an Dochtúir Uí Chathain; bhí sí cairdiúil cabhrach agus in ainneoin gur bhean iontach cliste agus eolach í bhí sí sásta i gcónaí éisteacht le tuairimí na mac léinn. Lean Bríd uirthi a rá, "d'fhág mé mar go raibh mé iontach brónach, bhíos *ag fulaingt go mór le tinneas. Bhí sé i gceist agam filleadh oraibh chomh luath is a bheadh cóir leighis faighte agam."

"Gabh mo leithscéal," arsa Iryna agus í ag ceapadh go raibh rud éigin cearr lena cluasa." Oraibh?" Cad atá i gceist agat le sin, ní thuigim cad atá tú ag iarraidh a rá?"

"Níl a fhios agam, conas é seo a rá, leis an bhfírinne a insint, níor cheap mé go mbeadh orm seo a insint duit choíche: is mise do mháthair."

"Níl a fhios agam, cén saghas galar intinne atá ort ach gortaíonn caint den tsaghas sin go mór mé. Ní tusa mo mháthair. Cailleadh mo mháthair breis is cúig bliana déag ó shin i dtimpiste bóthair san Ollainn. Bhí m'aintín sa ghluaisteán freisin. Bhí mé ag caoineadh ar feadh laethanta ina diaidh. B'í an ócáid ba bhrónaí i mo shaol. Ghoill sé ar m'athair go mór chomh maith. Níor shiúil sé amach le héinne ó shin i leith. Ní cheart dom a bheith ag insint scéal príobháideach mo mhuintire duit. Tháinig mé anseo ag lorg eolais ar choláistí samhraidh."

68

---

*ag fulaingt *suffering*

"A Iryna, is mise atá ciontach as an gcomhrá a stiúradh sa treo aisteach seo. Tá súil agam go maithfidh tú dom é. Bríd Uí Chatháin is ainm dom anois, ach sulár phós mé is é Ó Murchú ba shloinne dom. D'éirigh leat theacht ar m'athair, do sheanathair, an tseachtain seo caite. Cé go raibh súil agat seanathair agus seanmháthair a aimsiú, tá máthair aimsithe agat ina n-áit. Mhínigh m'athair dom gur ghlaoigh tú agus cé nár bhuail sé leat, chonaic sé tú agus chinntigh sé gur tusa a bhí ann, duine de mo mhic léinn fiú. Le linn dom bheith ar an ollscoil, bhuail mé le fear óg, d'athair, Peter. Bhíomar an-chosúil lena chéile, b'é grá geal mo shaoil é. D'fhág mé an tír seo, gach éinne a raibh grá agam dóibh agus gach rud a raibh aithne agam air chun a bheith leis. Bhíos sona sa Pholainn; bhí tusa ar an rud ba ghleoite ar domhan nuair a saolaíodh tú. Faraor, trí bhliana ina dhiaidh sin, buaileadh síos le *hailse mé. Nuair a tháinig mé abhaile chun an drochscéal a chur in iúl do mo mhuintir, bheartaigh mé nach mbeadh sé cóir ná ceart d'athair agus tú féin a chur trí bhlianta de throid agus de thinneas. Cheap mé dá gceapfadh sibh mé bheith marbh go bhféadfadh sibh dul ar aghaidh le bhur saol féin agus d'fhéadfainn bás mall a fháil in Éirinn."

"Stop, stop" arsa Iryna os ard. Bhí *meadhrán uirthi. An bhféadfadh an méid a bhí a rá ag an mbean seo fíor? Bhóg sí, an Dochtúir Ní Mhurchú-Uí Cathain chun na Polainne le bheith leis an bhfear a raibh grá aici dó, Peter, agus ansin d'fhág sí é agus a hiníon. Tháinig taom feirge ar Iryna nuair a smaoinigh sí air agus d'éirigh sí chun imeacht.

"Más tú mo mháthair ní theastaíonn uaim aon bhaint a bheith agam leat."

*ailse *cancer*
*meadhrán *dizziness*

"Iryna, tuigim duit," arsa Bríd. "Tuigim duit. Tharla gach rud chomh tapaidh sin. Nuair a tharla an *mhíorúilt agus fuair mé amach go raibh biseach ag teacht orm, bhí sé i gceist agam filleadh oraibh, caithfidh tú é sin a chreidiúint, ní raibh sé i gceist agam riamh, tú féin nó d'athair a ghortú, ach tar éis dom a thabhairt le fios go raibh mé marbh ní fhéadfainn dul ar ais – ní raibh sé de mhisneach agam."

"Ní chreidim go bhfuil tú ag leanúint leis an scéal dochreidte seo. Ní tusa mo mháthair," arsa Iryna agus í ag gol go ciúin agus ag séideadh a sróin arís is arís eile.

"Níor cheap mé riamh go mbeadh m'iníon tar éis teacht chun na hÉireann agus Gaeilge mhaith aici. Thar aon rud eile, níor shíl mé go mbeadh sí ina suí i m'oifig, os mo chomhair amach."

D'fhan Iryna ina tost. Bhí na smaointe a bhí ina ceann ag cur *alltachta uirthi. Bean ag *tréigean a páiste agus a fear céile. Cén saghas mná a bhí inti ar chor ar bith. Agus níos measa fós bhí sí tar éis pósadh arís, tar éis di iad a thréigean. Brisfidh an nuacht seo croí m'athar. Bhí sé níos sona agus é ag ceapadh go raibh sí marbh, b'fheidir nár cheart dom a rá leis, ach déarfaidh sí leis luath nó mall nach ndéarfaidh?

Bhí ceist amháin ag Iryna le cur sular fhág sí an oifig. "Cén fáth, cén fáth gur thréig tú muid? Bhí an oiread sin grá againn duit. Bheadh m'athair tar éis aon rud a fhulaingt duit! "Bhí ciúnas fada sa seomra. Ansin dúirt Bríd, "Mar fhreagra ar do cheist a Iryna, an t-aon fáth a d'fhág mé sa tslí sin ná gur thuig mé dá mbeadh seans ar bith agam an ailse a throid ag aois chomh hóg sin le galar chomh dona

70

*an mhíorúilt *miracle*   *tréigean *to desert*
*alltacht a chur uirthi
   to amaze her

sin, go mbeadh orm a bheith in Éirinn. Agus cé go raibh an ceart agam faoi sin tá an cinneadh a rinne mé briseadh libhse tar eis mo shaol ó shin a *loit. Nuair a phós mé aris, choimeád mé an t-eolas dom féin. Níor thuig m'fhear céile an scéal seo. Nuair a saolaíodh iníon dúinn, ní raibh mise in ann déileáil leis go raibh iníon eile i ngan fhios dó agam. D'éirigh mé cantalach agus d'fhás bearna idir mé féin agus m'fhear chéile. Scaramar ar deireadh."

"Ar feadh na mblianta bhíos ag labhairt leat ar neamh, ag ceapadh gur bean iontach a bhí ionat agus ag caoineadh gur sciobadh uainn tú, ach is cosúil nach raibh an ceart agam. Bean *leithleasach *mheata atá ionat. Ní raibh tú cróga go leor a bheith *onóireach le m'athair. Ní dúirt tú leis go lom díreach go raibh tú breoite. Dá mbeadh sé sin ar eolas aige táim lán cinnte go mbeadh sé tar éis theacht chun na hÉireann leat. Bhí tusa ar an rud ba thábhachtaí dó. Scrios tú a shaol. Bhí sé croíbhriste i do dhiaidh. Chuir sé an *milleán air féin. Mhothaigh sé freagrach as do bhás. Dúirt sé arís agus arís eile go raibh an-aiféala air nár chuir sé brú ort eitilt ar ais chun na hÉireann agus an gluaisteán a fhágáil sa bhaile."

"An fear bocht, ba cheart dom caint leis. A Iryna, tuigim go bhfuil tú i bhfeirg liom. Tá an ceart agat mothú mar sin. Tá an ceart ar fad agat. Níor iompair mé féin i slí onóireach. Bhíos i mo *chladhaire amach is amach, admhaím sin. Ní theastaíonn uaim áit d'athar a ghlacadh ach ba mhian liom aithne níos fearr a chur ort agus ba bhréa liom dá dtabharfá deis dom cabhrú leat. Bheadh sé go iontach dá bhféadfaimis bheith inár gcairde."

"Ní theastaíonn uaim a bheith gránna," arsa Iryna. 'Ach

*a loit to destroy
*leithleasach selfish
*meata cowardly

*onóireach honourable
*milleán blame
*cladhaire coward

nílim cinnte go bhfuilim láidir go leor chun dearmad a dhéanamh ar ar tharla. Chaith mé cúig bliana déag ag ceapadh nach raibh deis agam aithne cheart a chur ar mo mháthair. Bhí ár gcomharsana i gcónaí ag breathnú orainn le comhbhrón. Déarfaidís lena bpáistí go raibh orthu a bheith deas liom mar go raibh mé i mo chréatúr bocht gan mháthair nó deirfiúr nó deartháir. An rud atá á rá agam ná ní dóigh liom go mbeidh mé in ann glacadh leat mar mháthair. Chomh fada agus a bhaineann sé liomsa fuair mo mháthair bás breis is cúig bliana déag ó shin."

"Go raibh míle maith agat Iryna as ucht a bheith chomh macánta sin liom. Ní theastaíonn uaim brú a chur ort ach ba bhréa liom agus mo thuismiteoirí am a chaitheamh leat sula bhfilleann tú ar an bPolainn don Nollaig. An mbeadh sé sin ceart go leor?" arsa Bríd, agus *tocht ina glór. Ní raibh Iryna in ann freagra a thabhairt; bhí tocht chomh mór sin uirthi féin.

*tocht *emotion*

Tuiscint iomlán

Dhúisigh Iryna i lár na hóiche, ní raibh sí in ann codladh. Ar feadh tamaillín bhí sí ag ceapadh go raibh an méid a tharla an lá roimhe ina bhrionglóid. Thosaigh sí ag plé cursaí an lae roimhe, arís is arís eile ina ceann. Sular fhág sí oifig Bhríd, gheall sí *go bhfreastalódh sí ar chóisir Nollag tuismitheoirí Bhríd an Satharn dar gcionn. Ní raibh Iryna in ann máthair a thabhairt uirthi agus mhothaigh sí aisteach ag tabhairt Dochtúir Uí Chatháin ar an mbean a thug ar an saol í. Mar sin, rinne siad socrú go dtabharfadh Iryna Bríd ar a máthair.

Nuair a shiúil Iryna isteach an doras an lá sin, thuig Áine agus Sinéad láithreach go raibh sí tar éis a bheith ag caoineadh. Rinne Sinéad pota tae agus tháinig sí ar chíste a fhaid is a fuair Áine roinnt *ciarsúr ón leithreas. Shuigh siad ar an tolg le chéile.

"Cad tá cearr a Iryna a stór," arsa Áine. "Bhí an-ghiúmar ort ar maidin nuair a d'fhág tú an t-árasán le heolas a fháil faoi chúrsaí samhraidh sa Ghaeltacht. Cad a tharla duit ó shin i leith?"

Lean Iryna ag caoineadh go ciúin i gceann de na ciarsúir a fuair Áine di. Labhair Sínéad. "A Iryna, inis dúinn cad a tharla, nílimid in ann cabhrú leat go dtí go n-insíonn tú dúinn. Ní fhéadfadh sé a bheith chomh holc sin!"

---

*go bhfreastalódh sí *that she would attend*

*ciarsúr *tissue*

73

Mhínigh Iryna an scéal dóibh. Baineadh an-gheit as an mbeirt eile. Ní raibh tuairim dá laghad acu cén saghas freagra ba cheart dóibh a thabhairt.

Rug Áine *barróg ar Iryna. "shhh, ná bí ag gol a Iryna, ar a laghad tá an fhírinne ar eolas agat."

Ghearr Sinéad isteach, "An bhfuil an fhírinne á insint aici? Má tá, is dócha gur fearr máthair a bheith agat ná gan mháthair a bheith agat," a duirt sí agus í ag smaoineamh ar a hathair féin a cailleadh an bhliain roimhe.

"Nach dtuigeann tú? Threig sí sinn. Lig sí uirthi go raibh sí tar éis bás a fháil. D'eagraigh sí go mbeadh timpiste bréagach ann. Bhí mé croíbhriste an lá sin. Bhí mé ag gol gan stad ar feadh seachtaine ón lá a insíodh an scéal dom," arsa Iryna go feargach. Leis sin, d'fhág sí an seomra go hobann agus dhún sí an doras *de phlab ina diaidh.

An mhaidin dar gcionn, bhí Máirtín, Áine agus Sinéad i gcistin an árasáin nuair a shiúil Iryna isteach. "Ceart go leor," arsa Sinéad agus í ag glacadh na *ceannasaíochta uirthi féin. "Tá ár scrúduithe críochnaithe againn, tá an Nollaig ag teacht, sílim go bhfuil sé in am dúinn *luí isteach ar bheagán siopadóireachta. Cad a cheapann tú a Iryna? Rachaimid i dtosach báire go dtí an t-ionad siopadóireachta i nDún Droma. Fágfaimid gluaisteán Mháirtín ansin, tógfaimid an LUAS isteach go lár na cathrach agus ceannóimid bronntanais Nollag."

D'fhill siad ar an árasán timpeall ar a hocht a chlog an oíche sin. Bhí Iryna tar éis geansaí a cheannach dá hathair is dá seanathair, stocaí daite agus seacláidí dá cairde agus planda dá haintín. Le cúnamh Dé, bheadh gach éinne

---

*rug sí barróg uirthi *she hugged her*   *ceannasaíocht *leadership*
*de phlab *with a bang*   *luí isteach ar *set about*

sásta lena mbronntanais as Éirinn. Chuir an fuadar a bhain leis an siopadóireacht aoibh níos fearr uirthi.

Maidin lá arna mhárach, d'oscail sí litir a tháinig sa phost. Cuireadh a bhí ann do chóisir Nollag mhuintir Uí Mhurchú. Bhí Iryna ar tí a rá, "ach níl aithne agam ar mhuintir Uí Mhurchú," nuair a rith sé léi sí gurb é Ó Murchú an sloinne a bhí ar Bhríd sular phós sí. Bhí cuma an-ghalánta ar an gcuireadh. Ach smaoinigh Iryna ar a hathair sa Pholainn agus ar na blianta a chaith sé ina aonar agus é cinnte go raibh a bhean marbh. Ní raibh fonn uirthi bheith cairdiúil leis na daoine a d'fhág a hathair sa riocht sin. "Glaofaidh mé orthu agus déarfaidh mé leo nach féidir liom bheith i láthair, nach bhfuil gúna agam a bheadh oiriúnach," a dúirt sí lena cairde. Ach níor lig na cailíní di diúltú don chuireadh. "Nach bhfuil tú tar éis a rá le Bríd go rachaidh tú," arsa Sinéad agus dúirt Áine go raibh gúna aici féin a bheadh díreach ceart don ócáid agus go dtabharfadh sí di ar iasacht é.

Oíche na cóisire, agus í gléasta go hálainn ag an mbeirt eile, bhí Iryna íontach neirbhíseach. "Cad a tharlóidh múna n-aithneoidh mé mo sheanathair agus mo sheanmháthair nó má tá na héadaí míchearta á gcaitheamh agam nó níos measa fós, muna mbeidh éinne sásta labhairt liom. Ó ba bhréa liom bheith in ann duine a thabhairt liom."

Leis sin, bhuail cloigín an dorais. Rith Iryna ina threo. Níor theastaigh uaithi *moill a chur ar an tiománaí tacsaí. D'oscail sí an doras, ach in ionad tiomanaí tacsaí, bhí Máirtín ina sheasamh ann. "Shíl mé gur tú an tiománaí tacsaí," arsa Iryna.

75

*moill a chur air *to delay him*

"Is mé," ar seisean, "ghlaoigh Sinéad orm agus d'iarr sí orm síob a thabhairt duit."

Bhí ceol de chuid U2 á sheinm ar an raidió sa charr. Léim Máirtín isteach sa ghluaisteán taobh léi. I ndiaidh cúpla nóiméad ciúnais, ghlan Máirtín a *scornach faoi dhó agus dúirt i nguth ciúin, cúthail, "tá cuma álainn ort anocht, a Iryna, sa ghúna sin."

D'éirigh Iryna dearg san aghaidh. "Go raibh míle maith agat a Mháirtín agus buíochas as an síob. Tá súil agam nár scrios mé do phleananna uile don oíche."

"Níor scrios in aonchor. Ní raibh sé i gceist agam mórán a dhéanamh anocht ar aon nós."

Bhí an teach sroichte acu. Teach iontach mór a bhí ann. Ba thrua léi nach bhféadfadh sí Máirtín a thabhairt léi. Chuirfeadh sé ar a suaimhneas í. Bhí ar a laghad céad duine sa teach. Níor aithin sí éinne ann. Bhain freastalaí a cóta. Cúpla nóiméad ina dhiaidh sin, thug duine eile gloine fíona di. Buaileadh clog ag an bpointe sin agus stiúraíodh na cuairteoirí isteach sa seomra bia. Bhí ainm ar gach suíochán. Bhí Iryna ag ceapadh go raibh siad tar éis dearmad a dhéanamh uirthi mar ní raibh a hainm le feiceáil in aon áit. Ansin, rug bean ar a lámh agus thosaigh sí ag tarraingt Iryna i dtreo na cistine.

"Gabh mo leithscéal. An bhféadfá mo lámh a scaoileadh le do thoil. Tá tú mo ghortú. Má deir tú cá bhfuil muid ag dul, rachaidh mé leat gan stró?" arsa Iryna go crosta

"Hóhó, níor athraigh tú ar chor ar bith is cosúil. Bhíos ag ceapadh go gcuirfeá srian leis an tslí chainte dhíreach sin atá agat agus tú ag fás aníos," arsa an bhean.

*scornach *throat*

"Bhuel, is cosúil go bhfuil an lámh in uachtar agat orm. Níl tuairim dá laghad agam cé tú, ach ón mhéid atá ráite agat ceapaim gur tú m'aintín Eithne. An bhfuil an ceart agam?"

D'oscail Eithne doras na cistine. Istigh ann, bhí seanfhear ard liath agus seanbhean dhathúil, a bhí gléasta go galánta. Bhí Bríd ar a glúine ar an urlár agus an chuma uirthi go raibh sí ag lorg rud éigin sa chuisneoir. Dhún sí doras an chuisneora nuair a chonaic sí Iryna agus chuaigh anall chuici le barróg a bhreith uirthi. Go tobann gan fhios aici conas ar tharla sé bhí muintir a máthar timpeall uirthi, agus gach duine acu ag breith barroige uirthi. In ainneoin nach raibh taithí ag Iryna ar *iompar den tsaghas sin, thaitin sé léi. Mhothaigh sí sábháilte ina dteannta.

Rith cailín beag isteach. D'aithin Iryna í. Chas John timpeall agus dúirt sé, "A Iryna, a stór, lig dom tú a chur in aithne do mo ghariníon eile, Alanna, do leasdheirfiúr." Chuimhnigh Iryna ar an teach i Raghnallach agus ar athair an chailín, Steve, a bhí chomh mór sin faoi ghruaim. Thuig sí ansin gurbh í Bríd a bhí pósta ar Steve Ó Catháin sular scar sí uaidh. Sula raibh deis aici rud ar bith a rá shiúil Steve féin isteach sa chistín agus chraith lámh léi. "Tá Bríd tar éis an scéal ar fad a mhíniú dom agus is fearr a thuigim anois cén fáth nár réitíomar le chéile."

Ní raibh deis aige a thuilleadh a rá mar dúirt John go raibh sé in am bogadh isteach sa seomra bia. Bhí suíochán ag Iryna ag an mbord ag barr an tseomra idir Bríd agus Eithne. I ndiaidh na milseoige, d'éirigh John le hóráid ghearr a thabhairt. Labhair sé gan *ullmhúchán ón gcroí.

"A dhaoine uaisle, is cúis áthais dom sibh a fháiltiú isteach in ár dteach anocht leis an Nollaig a cheiliúradh

*iompar *behaviour*
*ullmhúchán *preparation*

le céile. Is Nollaig faoi leith í seo dom féin, do mo bhean Veronica agus do m'iníonacha, Bríd ach go háirithe. Is mór an pléisiúr dom mo ghariníon a chur in aithne daoibh anocht, Iryna Mykovski!"

Thosaigh an seomra uile ag bualadh bos. Bhí Veronica ag gol le sonas agus bhí Bríd ag lonradh le háthas. Lean an oíche ar aghaidh mar sin. Rinne Iryna beagán damhsa le John ach bhí triúr ban eile aige le tabhairt amach ag damhsa. Níor labhraíodar faoin bPolainn ach d'iarr sé uirthi maithiúnas a thabhairt dó as ucht teagmháil a bhriseadh i ndiaidh na timpiste. "Níor thaitin iompar Bhrid liom ar chor ar bith ach ag an am céanna bhí athas orm go raibh sí ar ais i mBaile Átha Claith. Bhíomar in ann aire a thabhairt di agus í chomh tinn sin ar feadh trí bliana. Is ag an bpointe sin a bhogamar go Baile Átha Cliath ó Chnoc na Coiribe. Tá brón orm chomh maith nach raibh mé in ann bualadh leat an tseachtain seo caite i bhFaiche Stiabhna. Ní raibh sé ceart bualadh leat, chreid mé, go dtí go raibh m'iníon ar an eolas faoina hiníon féin. Tá súil agam nach mbeidh tú róchrosta liom amach anseo."

Ag deireadh na hoíche, thairg Bríd síob abhaile d'Iryna. Ghabh Iryna buíochas le John agus Veronica as ucht oíche álainn a bheith aici. Rinneadar coinne bualadh lena chéile i mí Eanáir i gcaife i lár na cathrach, le caint cheart a bheith acu. Chuir John caoga euro isteach ina lámh agus í ag imeacht ón teach. Rinne Iryna iarracht é a thabhairt ar ais á rá; "go raibh maith agat, ach níl gá agam leis go raibh maith agat, tá go leor airgid agam."

Thosaigh John ag gáire. "Ceannaigh bronntanas Nollag duit féin nó don athair iontach sin atá agat más mian leat,"arsa seisean agus é *ag caochadh súile uirthi. "Nollaig shona a Iryna a stór. Feicfimid a céile san athbhliain le cúnamh Dé."

Lean Iryna Bríd amach go dtí a gluaisteán. Agus aghaidh amhrasach Iryna á fheicéail aici, dúirt Bríd, "Bhí m'athair an-mhíshásta nuair a shocraigh mé an timpiste bréagach sin. Nuair a tháing biseach orm theastaigh uaidh go ndéanfainn teagmháil arís libh. Agus i ndáiríre, tá aiféala mór orm nach ndearna mé. Tá an-bhrón orm, a Iryna." Ansin, thosaigh Bríd ag gol.

Rug Iryna ar a lámh. "An príomhrud anois ná go ndéanfaimid iarracht dul chun cinn a dhéanamh agus réiteach le chéile. Ní fiú bheith ag cuimhneamh siar." Bhí sé beartaithe aici a bheith *níos tuisceanaí agus níos cineálta le Bríd. Bhí an ceart ag Sinéad. B fhearr máthair a bheith agat go déanach ná go brách.

Bhí a málaí líonta agus an seomra glanta aici. Bhí sí tar éis teacht chun na farraige le dul ag siúl. Theastaigh roinnt ama uaithi ina haonar lena smaointe a chur in eagar sula rachadh sí abhaile. Bhí sí ag tnúth go mór le filleadh ar an bPolainn don Nollaig an lá dar gcionn agus a scéalta uile a insint dá muintir. Bhí Bríd tar éis litir a thabhairt di le tabhairt dá hathair.

Bhí an ghrian ag dul faoi, a fhaid is a bhí Iryna ag siúl. Shuigh sí ar bhinse taobh leis an gcarrchlós ag an staisiún ag fanacht ar Mháirtín. Chuir na cailíní an ruaig uirthi dhá uair a chloig roimhe sin. Bhí Máirtín chun í a bhailiú ar a seacht a chloig chun í a thabhairt go dtí an dinnéar Éireannach a bhí á ullmhú ag Áine agus Sinéad san árasán. "Daoine iontacha atá iontu," arsa Iryna léi féin

79

*ag caochadh súile *winking*
*níos tuisceanaí *more understanding*

agus í ag cuimhneamh siar ar an méid uaireanta a thug
Áine nó Sinéad nó Máirtín cabhair nó cluais nó
comhairle di. "Is fíorchairde iad. Thug siad an-tacaíocht
agus cúnamh dom le trí mhí anuas anois."

Ní raibh a fhios ag Iryna cad a dhéanfadh sí sa *todhchaí.
Bhí sí tar éis a lán smaoinimh a dhéanamh faoi i ndiaidh
a comhrá le Bríd. "Pé rud a tharlaíonn nílim chun a
bheith míshona," arsa Iryna léi féin. "Táim chun ard-
tairbhe is taitneamh a bhaint as mo sheal ar an ollscoil i
mBaile Átha Cliath. Tá cairde iontacha agam anseo agus
oideachas den chéad scoth á fháil agam. Táim ag tnúth go
mór le filleadh ar Bhaile Átha Cliath, i mí Eanáir. Tá an
t-ádh orm go bhfuilim in ann a rá go bhfuil dhá "bhaile"
iontacha agam."

Bhí sí chomh tógtha sin lena smaointe nár tug sí faoi
deara Máirtín ag shleamhnú isteach taobh léi ar an
mbinse. Bhain sé geit aisti tré póg obann a thabhairt di.
Phóg sí ar ais é agus an ghealach ag taitneamh anuas ar
Theach na gColúr taobh thiar dóibh.

*sa todhchaí *in the future*

admháil *admit*
agallamh *interview*
aiféala *regret*
aighneas *conflict*
ailse *cancer*
aiste thaighde *research essay*
alltacht a chur uirthi *to amaze her*
amhail is *as if*
amhrasach *suspicious*
ansa: is ansa *favourite*
ar bís le *impatient to*
ar tí *about to*
ba leasc léi *she was loath to*
barróg *hug*
baineadh geit aisti *she was startled*
bainisteoir *manager*
banphrionsa *princess*
banríon *queen*
beacán *mushroom*
bheartaigh sí *she decided*
bhí aoibh níos fearr uirthi *she was in better humour.*
bhí biseach uirthi *she was better*
bhí cailíní de dhíth orthu *they needed girls*
boladh cócaireachta *smell of cooking*
braith siad in easnamh í *they missed her*
braithfidh mé uaim *I will miss*
bréan de *fed up with*
bricíní *freckles*
brú óige *youth hostel*
bruachbhaile *suburb*

calóga arbhair *cornflakes*
cantal *annoyance*
caochadh súile *wink*
cárta ballraíochta *a membership card*

ceannas: i gceannas *in charge*
ceannasaíocht *leadership*
ceol na nochtóidí *the music of the eighties*
chuir sé gliondar air *he was delighted*
ciarsúr *tissue*
cinneadh *decision*
cion...*affection*
ciontach *guilty*
cladhaire *coward*
clárú *enrol, register*
cleas a imirt ar *to play a trick on*
cleasaíocht *trickery*
coirpeach *criminal*
comhairle *advice*
comharsa *neighbour*
comhartha *sign*
corraithe *agitated*
créacht *wound*
creidmheas *credit*
crios slandála *safety belt*
cuireadh an ruaig orthu *they were chased*
cumsitheach *comprehensive*
cur i láthair *presentation*
cur isteach uirthi *to trouble her*

de phlab *with a bang*
de phlimp *suddenly*
deacracht tuisceana *difficulty in understanding*
deileáil le *deal with*
dídean *shelter*
dluthdhosca *compact disk*
dóchasach *hopeful*
drochbhéasach *bad-mannered*
drochshlaghdán *a bad cold*
drogallach *reluctant*
dúil *fondness*
dúshlánach *challenging*

éad jealousy
éadóchasach despairing
eagraithe organised
éarlais deposit
easpa tacaíochta lack of support
éigeandáil emergency
éirimiúil talented, intelligent

faoiseamh relief
feiliúnach suitable
filíocht chomhaimseartha contemporary poetry
fiosraithe enquiries
foirfe perfect
folúntas vacancy
freagrach responsible for
freastal ar to attend
fulaingt to suffer

gá need: Má tá gá leis if necessary
gáirsiúil obscene
gan choinne unexpectedly
gann ar short of
geallaim duit I promise you
glas lock
goilleann sé sin orm that upsets me
grá geal a shaoil the love of his life
gréithre dishes

i nganfhios di unbeknownst to her
iasachtoirí santacha greedy lenders
idéalach ideal
idir dhá chomhairle undecided
in éad le jealous of
ina tost silent
iompar behaviour
ionadaí substitute
iondúil usual
ísle brí dejection

leid *hint*
leithleasach *selfish*
loit *to destroy*
luchóg eaglaise *churchmouse*
lucht aitheantais *acquaintances*
luí isteach ar *set about*

mac léinn iarchéime *postgraduate*
maithim dó *I forgive him*
maor *warden*
más buan mo chuimhne *if my memory is good*
maslú *to insult*
meabhair *mind, memory*
meadhrán *dizziness*
mealladh *to entice*
méanfach *yawn*
meangadh gáire *smile*
meata *cowardly*
meilt ama *wasting time*
mháirseáil sí *she marched*
micreaoighean *microwave oven*
mídhleathach *illegal*
mílitheach *pale*
milleán *blame*
miorúilt *miracle*
míshlachtmhar *untidy*
moill a chur air *to delay him*
mórthionscnamh *major project*

nasc *link*
néal codlata *a wink of sleep*
níos cuimsithí *more comprehensive*
níos tuisceanaí *more understanding*

oideas *recipe*
oifigeach tithíochta *housing officer*
onóireach *honourable*
osna; lig sí osna *she sighed*

pearsantacht *personality*
pleidhcíocht *fooling*
post pairtaimseartha *part-time job*
praiseach a dhéanamh *to make a mess*
preabadh *to hop*
príomhmhainicín *chief mannequin*

radharc *sight*
rannsú *to rummage*
reachtáil *to run*
réitigh mé leo *I got on with them*
rinne sí suntas de *she noticed*
róbhróduil *too proud*
roinn na géineolaíochta *the geneology section*
rug sí barróg uirthi *she hugged her*
rún secret

sa todhchaí *in the future*
sáinn *predicament*
saineolaí *expert*
saoránach *citizen*
scáileán *screen*
sceallóga *chips*
scornach *throat*
screadaíl *to shout*
seachaint *to avoid*
seandálaíocht *archaeology*
seastáin *stalls*
seisíní *tips*
simléar *chimney*
slánaitheoir *saviour*
soláistí *refreshments*
solúbtha *flexible*
sonraí pearsanta *personal details*
spriocdháta *deadline*
(ag) stealladh báistí *raining*
striapach *prostitute*
suaimhniú *to calm*

tairiscint *offer*
taom croí *heart attack*
teagmháil *contact*
thairg siad *they offered*
theip ar a misneach *her courage failed her*
theith sí *she fled*
(a) thiarcais *good heavens*
tiarna talún *landlord*
tírdhreach na hÉireann *the Irish landscape*
tocht *emotion*
tolg *sofa*
tost *silence*
trádaire *tray*
tréidlia *veterinary surgeon*
tréigean *to abandon, desert*
treoracha *instructions*
truamhéileach *pitiful*
troid *fight*
tuirlingt *get off*

uaillmhian *ambition*
ullmhúchán *preparation*